edition suhrkamp 2240

In einem Zyklus von 24 erzählerischen Miniaturen fängt Oleg Jurjew, einer der interessantesten russischen Autoren der Gegenwart, die Atmosphäre der sowjetischen Endzeit ein. Die Kulissen, aus denen seine Figuren hervortreten, gleichen denen der k. u. k. Epoche. Der Zerfall eines großen Reiches ist überall zu ahnen: in den modrigen Petersburger Hinterhöfen, in verstaubten Redaktionsstuben und bröckelnden Palästen, wo außer Fledermäusen und anderem geisterhaften Getier längst niemand mehr wartet. Der Ich-Erzähler – mal jugendlich, mal in mittleren Jahren – durchforstet Städte und Szenemilieus, Familien und Landschaften, mitunter auch Friedhöfe. Sein Blick fördert den vegetabilischen Untergrund der Gesellschaft zutage. Er ist ein Analytiker des lustvollen Verfalls – wie der Autor selbst, dessen furiose Sprachphantasie die Realität auf Schritt und Tritt in ein Wunder verwandelt.

Oleg Jurjew, 1959 in Leningrad geboren, lebt seit 1991 in Frankfurt am Main. Lyriker, Dramatiker, Essayist und Erzähler. Zuletzt erschien sein Roman *Halbinsel Judatin* (1999).

Foto: Barbara Niggl Radloff

Oleg Jurjew
Spaziergänge unter dem Hohlmond

Kleiner kaleidoskopischer Roman

Aus dem Russischen
von Birgit Veit

Suhrkamp

Die Originalausgabe erschien 1993 unter dem Titel
Progulki pri poloj lune bei Kamera chranenija, St. Petersburg.

Die Übersetzung wurde gefördert
vom Literarischen Colloquium Berlin
mit Mitteln des Auswärtigen Amtes und der Senatsverwaltung
für Wissenschaft, Forschung und Kultur, Berlin.

edition suhrkamp 2240
Erste Auflage 2002

Deutsche Erstausgabe

Satz: Jung Crossmedia, Lahnau
Druck: Nomos Verlagsgesellschaft, Baden-Baden
Umschlag gestaltet nach einem Konzept
von Willy Fleckhaus: Rolf Staudt
Printed in Germany

1 2 3 4 5 6 – 07 06 05 04 03 02

Inhalt

Spaziergänge unter dem Hohlmond

Leningrader Geschichte

Zizja waren Schnurrbarthärchen gewachsen, und durch den unteren Regenbogenrand seines Blickfeldes beäugte er die vereinzelten Sprößlinge. Seine Augen schielten schräg nach unten. Zizja sah richtig verschlagen aus.

Klein, schütter und mit gewaltigen Ohren, wie eine Oma in Strickjacke, ging er über den Newski, in Filzstiefeln mit Reißverschluß, vorbei am Modestudio *Männertod*, an der Konditorei, der Galerie des Künstlerverbandes, sogar an der Militärbibliothekszentrale – er ging zur Zeitschrift. Zizja, müssen Sie wissen, war Schriftsteller.

Ja, was soll ich denn machen, wenn schon seit zartester Kindheit alle meine Bekannten samt und sonders Schriftsteller sind und ich noch nicht mal Frauen kannte, außer Dichterinnen!

»Du hattest doch eine Literaturkritikerin«, präzisierte Zizja und sah mich schräg an.

»Pissen ohne furzen ist wie eine Hochzeit ohne Musik«, erklärte ich ihm und blieb stehen, denn wir waren schon an der Ecke. »Adieu«, sagte ich zu Zizja, und er – der Krängung seiner lecken Stiefel folgend – sprang in ungerichteten Bewegungen über die mit braunem Schnee gepolsterte Straße. Was mich betrifft, ich gehe nie dort rüber, das literarische Leben interessiert mich nicht. Mich interessiert nur Sex, und auch der nicht richtig.

Dicht unter der Oberfläche zuckte in seinem kaum zugewachsenen Eisloch der Mond mit geschwollener Bißstelle hinter der Angel der Turmspitze. Unten leuchteten in ungleichmäßigem Schwarz die Krähengärten von Semiramis an straff gespannten Ketten, die Straßen ringsum flimmerten.

In der flimmernden, nur vom Fenster erhellten Dämmerung, die an den Ecken beschlagene Aktentasche auf den frommen, in Streifen geschnittenen Knien, saß Zizja neben einem leeren Schreibtisch am Eingang der rundschultrigen, sich zu totaler Finsternis verengenden Zimmerflucht der Redaktion. Jetzt fiel er von unten über die Schnurrbarthalme her und tastete ihre Haarigkeit mit der prallen, zart hubbeligen Innenseite seiner Unterlippe ab. Über die gelbrot-schwarze Leiter im Fenster kletterte ein Anthrazitglanz herab, setzte sich auf das dunkle Wachstuch, huschte hin und her und verzog sich in den schwarzen dicken Glaskrug, der sich für einen Augenblick in sein eigenes Negativ verwandelte.

Wieder niemand da, nicht mal eine Sekretärin! Der arme Zizja kam schon fast vier Jahre hierher, ohne je eine Menschenseele angetroffen zu haben.

Mein Gott, wie ich die Przewalski-Statue liebe! Dieser flekkige Przewalski im Generalsschnee, dieses Kamel mit seiner steif-drahtigen Tolle, wie eine betagte amerikanische Schwuchtel, diese Winterschwere in den Knien, dieser Schneestaub auf den Lippen ... Und was es alles für Frauen gibt! Die Frau, die von hinten dem Meer gleicht ... Die Frau, die zwei Schlangen gleicht ... Die Frau, die keine Frau ist, sondern die Vereinigten Staturen von Amerika ... Gabelfrauen und Löffelfrauen ... Dreiste Greisinnen mit Künstlerallüren ... Schmächtige kleine Mädchen, die beim Rennen fiepen ... Aber im Winter ist von alldem weit und breit nichts zu sehen und zu hören.

Am hinteren Ende des gewölbten Flurs raschelte es. »Jemand von der Zeitschrift«, dachte Zizja. Doch da flog nur eine Maus. Rundbrüstig, rundäugig, rundohrig, in seinem dreieckigen, knielangen Regencape, das jetzt trocken war, erinnerte Zizja gewissermaßen selbst an eine Fledermaus, und wie es so ist, fürchtete er sich vor dem, was ihm glich, und mochte es nicht. Doch die Maus war keine Fledermaus, sie flog nur. »Ein guter Stoff für eine Novelle«, dachte Zizja und beruhigte sich.

Sie flog sitzend, die kurzen Hinterpfoten bis zum Äußersten gespreizt, und neben ihrem runtergerutschten Stachelbeerbauch ruderte sie mit den noch kürzeren Vorderpfoten. Der steif und gerade herabhängende Schwanz – mit einem rechtwinkligen Knick am Ende, wie bei einem Handbohrer – steuerte ihren raschelnden Gleitflug. Die Maus leuchtete von innen, nicht stark, aber dreifarbig. Zizja lächelte ihr zu.

»Wozu hat sie sich mir eigentlich ergeben?« dachte ich wie Napoleon.

Doch nicht die Newa, die doch nicht. Nicht die Newa, die schwarze, mit den überschwemmten gelben Brechungswinkeln an den Ufern; mit den feinzähnigen Brücken; die freizügig von unten frische Fäulnis heraufwehende; die sehnsüchtig von oben in der Mondwolke schwelende. Nicht doch, doch nicht die.

Doch auch nicht die Winter-Residenz, natürlich nicht. Die Winterzeit ging ja schon zu Ende, als schwarztropfender siebenundsiebzigzitziger Euter hing sie am Deckenbalken des Palais. Ich trat auf die Brücke hinaus.

Die Maus legte plötzlich eine Kurve ein, und immer noch im Sitzen, doch das Geraschel zum Pfeifen steigernd, steuerte sie Zizja an.

Zizja prallte zurück und wehrte sie mit der Aktentasche ab. Sein Stuhl raste, mit den Beinen über das Linoleum polternd, zum Fenster. Die Maus verlangsamte ihr Tempo, kam fast zum Stillstand, ließ aber nicht locker. Ihr Eckgesicht mit den gelbgrünen Härchen zuckte direkt vor Zizjas Augen. »Wie entsetzlich!« dachte Zizja. »Ein ausgezeichneter Stoff für eine Novelle.« Die Maus schwang sich zur Decke empor, dem von der Finsternis halb verschluckten mythologischen Stuck, löste sich darin auf, und als Zizja schon eine erleichterte Übelkeit ankommen wollte, fiel sie ihm summend mit allen vier Pfoten auf die Glatze. Mit ungerührtem Dreipunktgesicht begann sie, Zizjas früh sich lichtenden Scheitel zu zerkratzen. Noch machte sie nicht von ihren Zähnen Gebrauch. Zizja troff dicker Speichel aus dem umgestülpten Mund, und eine großpustelige schwarze Gänsehaut überzog ihn von oben bis unten. »Sie hat mich völlig zerkratzt«, dachte er. »Ein phantastischer Stoff für eine Novelle!«

»Ein phantastischer Stoff für eine Zizja-Novelle«, dachte ich. »Sie hatte sich ihm ergeben, er aber dankte ergebenst.« Ich dachte an das junge Mädchen, das einem Lederwedel glich. Wie sie Edita Piecha geliebt hatte! So habe ich nie jemanden geliebt, nicht einmal das Mädchen, das von hinten dem Meer glich, nicht einmal das Przewalski-Denkmal.

Die Strelka lag in der Finsternis, nur die vielhörnige Säule schimmerte durch die ausgreifenden Sprünge des Schnees, der eingesetzt hatte. Ich folgte ihm. Über den schwarzen Kamm der Ebene, die oben von Mond und Schnee und unten von schlummernden Fischen und eisernen Wasserpflanzen löchrig gefressen war. Schräg emporsteigend über die sich spreizende Newa, die zwischen ihren breiten, beringten Fingern einen punktierten Bausch aus Lichtzellstoff durchließ: Fetzen von Stadtgewebe. Und schon ist das alles nur noch eine riesige flache Entfaltung rot-gelb-schwarzen Geglitzers und Geflimmers, ein siebenundsiebzigseitiger Leuchtkugel-

Schußwechsel, von oben gesehen. Bin ich nicht zu weit gegangen...

Zizja prallte erneut zurück, hob die offenstehenden Stiefel und trat die Luft weg. Der Stuhl fiel um, und Zizja sauste, die Maus auf dem Kopf, durchs Fenster, das gerade von Gelb auf Grün umsprang. »Gott sei Dank, daß es bis zum Boden reicht«, konnte Zizja noch denken. »Da schlag ich mir den Kopf nicht am Heizkörper ein.«

Und weiter – weiter begann das Meer.

Moskauer Geschichte

»Die Großnichte des Akademiemitgliedes S. hat mir gestern einen geblasen...«, sagte Iljuscha Chmelnizki, dachte kurz nach und präzisierte: »Auf dem Dach...«

Aus unerfindlichen Gründen gingen wir im Gleichschritt den Twerskoj Boulevard entlang Richtung Nikitskije Vorota, durch eine hohle Wirbelsäule fauliger Schwärze hindurch. Er hielt die klaffenden Schöße seines sich bauschenden Ledermantels fest und stieß, mit seinen abgerundeten Schuhspitzen scharrend, Laubplunder und lautlos staubendes Reisig beiseite; ich aber beobachtete gebannt, wie sich sein gesenktes Gesicht mit der kurzen Nase mal gelb, mal purpurn, mal grün färbte, abhängig von der Kadenz des Ampel-Metrums, das lautlos durch das vielgliedrige Gerippe des Boulevards sickerte.

»Die Großnichte... des Akademiemitglieds S. hat mir...«, wiederholte der Namensvetter des blutigen Kosackenhetmans und seufzte tief und dumm. Der kurzsichtige Mond über dem Boulevard blinzelte mit seinem rissigen Spinnwebenlid und rückte seinen klaren, doch undeutlichen Schein wieder zurecht. Gestern noch war er flach, heute ist er schon eindeutig kugelförmig, basedowsch und doch verdächtig leicht und rein. Er muß hohl sein.

»Des Akademiemitglieds S.... «, sagte Iljuscha ein drittes Mal und wandte mir endlich sein Wellengesicht zu.

»Klare Morgen stets hat / Man in Gorki, der Stadt«, sagte ich. »Und, wie war's?«

»Toll«, nickte Iljuscha ernst und richtete sein Gesicht wieder auf unsere vom Scharren zerkratzten Hufe.

Ich wußte, seine Mutter, eine einfältig arrogante und

aberwitzig gutmütige Frau mit einer Warze, war tot; in zwei Jahren würde auch sein riesiger, dickbäuchiger Vater tot sein; in drei würde ihn seine Frau verlassen und ihm für immer sein Kind wegnehmen; und in fünf, da wird er, Iljuscha, in der nassen, alles elektrische Surren ringsum in sich aufnehmenden Muschel eines Autos sitzen und reglos in die glitzernde dreifarbige Nacht einer unendlich leeren Straße Neuenglands blicken. Seine Lippen bewegen sich, aber ich kann nicht hören, was er sagt.

Vorläufig aber mußte er von den Nikitskije Vorota weiter über den Ring zum Arbat und ich rechts, an der rundmauerigen Festung vorbei, wo man den altersgebeugten qualmenden Opa, nachdem er zur Dame avanciert war, in Schach hielt (»Sagen Sie, sind Sie wirklich der bittere Gorki?« fragte eine begeisterte Frau. »Sie können ja mal lecken«, antwortete der große Schriftsteller großmütig), vorbei an dem von Scheinwerfern schraffierten Garten mit dem dicken Denkmal: zum Haus der Literaten. Ich hatte dort nämlich, müssen Sie wissen, ein Rendezvous mit einem Mädchen, das von hinten dem Meer glich.

Sie war in einem weißen Kleid und leuchtete schon am Eingang fahl wie eine Mullwolke.

»Du bist eine richtige barmherzige Schwester – hast alles den Verwundeten hergegeben und stehst selbst nur mit dem Mull da«, sagte ich, als ich näher kam. Und irgendwie ging ein antiseptischer Geruch von ihr aus – kaum merklich, fein und diffus.

»Eine Glut ist das«, sagte das Mädchen mit seiner Vorliebe für die altertümelnde Moskauer Ausdrucksweise und öffnete den Mund wie ein Fisch.

Die blaugeäderte Luft des Buffets zitterte vom gleichzeitigen begeisterten Gebrüll der sechzig Männer. Struppige

Gesichter blähten, pralle Adern röteten, speckige Stirnen beugten sich über die Tische, lautlos gingen Gläser-Löffel zu Boden.

Den Hals vorgestreckt und mit einem Lachen in den äußeren Winkeln der schmalen Augen, schüttelte mein Mädchen seinen weißroten Kurzhaarschnitt und schaute sich um.

»Ist hier frei?« fragte sie einen trauerweidengleich in sein spirituelles Wasser getauchten Schopf.

Der Schopf zuckte hoch, blickte erst sie, dann mich an, um, ganz der neidische Besitzer eines blonden Bärtchens, langsam zu blinzeln. Während der Rock noch sank, hatte sie schon mit gespreizten Beinen Platz genommen.

Sich zu unterhalten war so unmöglich wie auf einem Flugfeld und auch genauso überflüssig.

Der Schopf wollte gerade wieder untertauchen, riß sich aber plötzlich hoch und sah sich beunruhigt um. Die Klangkaskade hatte sich auf einmal zu einem sinnvollen Wort gebündelt – wie des Buchdruckes Typen, die sich auf der Straße zur »Ilias« formten: fünf Dutzend glattgebügelte, belegte Zungen ließen synchron – eine jede aus ihrem Grund – das Wort »... SCHEISSE ...« fallen, und im Raum trat Stille ein – zu hören war nur, wie ich mit dem Löffel im Kaffee klimperte. Die Stille hielt eine Sekunde an, dann platzte sie. Das Mädchen lachte noch einmal auf und schaute sich um.

»Wen suchst du?« fragte ich. »Niemand.« Sie blickte mich aufrichtig an.

Nackte, von der Hand bis zu den Schultern klar umrissene Arme, tiefe Schlüsselbeine, spitz zulaufende Brüste mit flachen Brustwarzen unter der geraden Korsage... Sie kratzte sich am Ellbogen und hinterließ ein paar krumme weiße, sich rötende, dann verschwindende Streifen. »Was schweigst du? Du könntest einer jungen Dame doch was erzählen!« schrie sie und legte sich die rechte Hand um den Hals. »WAS?« »Könntest doch was erzählen, du sitzt da, nicht eben ... ein Kavalier ...«

»Was soll ich denn erzählen?« Sie beugte sich über den Tisch und sagte, mit dem Atem ein Kichern einziehend: »Zum Beispiel ..., wie schön ich bin ...« (Ihre Brüste wurden unter der Gaze dreieckig und kratzten mit den Spitzen am Plastik der Tischplatte.)

»Mir gefällt an den russischen Frauen, daß sie unter den Achseln Haare haben.«

Unwillkürlich legte sie die eine Hand an die Hosennaht und umfaßte mit der anderen fest die Schulter. Dann ließ sie locker, faltete sich wieder auseinander und brach in Lachen aus: »Mistkerl.« Lehnte sich zurück, verschränkte die geraden, geschmeidigen Arme über dem Kopf und drehte die mustergültigen rosablauen Schwellungen in den Achselgrübchen nach außen. Schob mit dem Po den Stuhl nach hinten, stand auf und klatschte schwungvoll mit beiden Händen auf ihre von Milch und Honig überfließenden Lenden: »Komm, wir müssen los. Mit wem würdest du eigentlich losziehen, wenn ich dich nicht *abschleppen* würde?«

Wenn sie mich nicht *abschleppen* würde, würde ich mit Iljuscha Chmelnizki, dem Namensvetter der umbenannten Kleinrussischen Straße, oder alleine losziehen. – *»Das war Schicksal. Wie ein Verrückter mit der Klinge in der Hand.«*

Der lange Saal war einigermaßen leer, aber schwül. Das Mädchen saß da wie eine Dame: das Kinn vorgereckt, die nervös zuckende Hand auf der Armlehne und aus lachendem Auge zu mir herüberschielend. Vorne auf der Bühne leierten sie etwas herunter, manchmal drehten sie plötzlich auf: mal schneller, mal langsamer, mal höher, mal tiefer, mal im Dichtertenor, mal im Dichterinnenbaß. Aber Gott sei Dank, von unserer Ecke aus war nichts zu sehen: alles turmhoch versperrt durch einen chthonischen Riesen mit unanständig dekolletiertem Nacken. Oder, höflicher gesagt (obwohl das vom wissenschaftlichen Standpunkt absurd ist, doch lt. neuester Mythologie ... –): durch *l'Héros civilisateur*.

Unsere Ellbogen rutschten immer wieder von unserer abschüssigen gemeinsamen Armlehne, knallten auf die Knie und kehrten zu kühler Längsberührung zurück.

Kühl war sie, dies Mädchen, das muß man ihr lassen – was wahr ist, ist wahr.

In der Mietwohnung bei der unlustigen Hauptmannswitwe wartete Iljuscha Chmelnizki, der unausstehliche Freund und Kamerad, auf mich.

»Wie war's?« fragte er und zog mit den beiden hart arbeitenden Backentrichtern an der in Windeseile zu Asche zerfallenden Zigarette. »Hast du sie gevögelt?«

Die umgestülpten Lippen bewegend, entließ er eine unvorstellbare Menge Rauch, der allerdings gleich von der Kattunqualle der Stehlampe aufgesogen wurde.

»Die Frage ist, wer wen.«

»Das ist doch scheißegal«, sagte Iljuscha philosophisch und schwang seine geraden, rundlichen, unbehaarten Beine, auf die er so stolz war, aufs Bett.

Und eigentlich war es wirklich egal.

Obwohl das Schiff der Moskauer Nacht eine besondere Trimmlage hatte. Es neigte sich bugwärts, während sich das Pariser heckwärts legt und das New Yorker schon lange den Bug in den schraffierten Himmel reckt.

Und Jerusalem? Kein Nacht-, nur ein Tagesschiff hat es. In seiner Nacht tauchst du von allein nach oben, eines der Lichter, die in bewegungslosen Wellen zittern.

Aber heute, da Moskau versunken und Petersburg verbrannt ist, ist das alles völlig belanglos.

Pizundaer Geschichte

Wie das Negativ eines Kreuzworträtsels glitzerte links das Erholungsheim der Journalisten, und als weitverzweigtes Sternbild eines Hebekrans zeichnete sich rechts das Erholungsheim des KGB ab. Vorne wurde das Meer immer schwärzer. Das Meer sah aus wie Brombeeren.

Tagelang unterhielt ich mich bis zum schlagartigen Einfall der Dunkelheit nur mit den Wespen – von allen Insekten können einzig sie ein wenig Russisch. Allerdings gestaltete sich die Unterhaltung auch recht einfach: »Hau bitte ab. Na hier, das Fenster ...« (Seit wann ich die Wespen duzte und wie ich dazu kam, weiß ich bis heute nicht; es hat sich nun mal so ergeben, sie wehrten sich auch nicht wirklich.) Eine Wespe – die eigene siamesische Zwillingsschwester – vollführte anderthalb quälende steife Runden vor meinem erstarrenden Gesicht (anderthalb Umdrehungen enger, zitternder, eisiger und zugleich glühender Nässe spürte ich um mein Herz ziehen) und drehte in dankbarem Schweigen zur oberen rechten Ecke der Lüftungsklappe ab. Das Herzsalz verdunstete durch meine Rückenhaut, und ich fror und schwitzte. Mit dem Bein schob ich die Balkontür zu, und schon verstummten: das elektrische Gezirpe der kunstvoll verborgenen Zikaden, die sich bei einem Treffen nicht zu erkennen geben, das vereinte Klappern der Schreibmaschinen sämtlicher zwölf Etagen und die als gesonderte Schicht obenauf liegende zusammengepreßte Stille, die von einem Flugzeug (roter Punkt auf weißem Schnurrbart) lautlos durchschnitten wurde. Aber ich wußte, daß der Stapel Stille gleich doppelt so hoch werden würde – sämtliche Schreibmaschinen würden wie ein einziger eiserner Ellbogen gleichzeitig rasseln und gleichzeitig verstummen, denn es war schon zehn vor sieben: *Abendbrot*.

Aus einem großohrigen Kessel goß ich fliederfarbenen Bohnenschleim in den Teller und ging damit los, das wallende Etwas in den ausgestreckten Händen, zögernd lavierend zwischen kratzenden Messern, klappernden Gabeln und mit gespreizten Ellbogen geführten Löffeln, die den behuften, besorgt geöffneten Mündern zustrebten – ging in die dunkelste Ausbuchtung des Speisesaals, hinter den quaderförmigen Sockel aus verschwitztem Holzimitat, wo mich Tütenpüree mit einer gelben Pfütze im Krater und die tatarische Schriftstellerin Lilja erwarteten. »Iß *das* bloß nicht.« Über dem Wangenbogen rollte Lilja ihre schwarze beträufelte Pupille konspirativ von einer Ecke des zweieckigen Auges in die andere. »Giga hat Tschatscha und Chatschapuri mitgebracht. Nach dem Abendbrot feiern wir.« Sie küßte artig ihr Tüchlein und steckte es in die schwarze, seidig glänzende, flache Korsage. Ihre sechs kleinen Kinder: Marina, Anja, Borja, Jussufik, Bulatik und Andrjuscha, liefen schweigend um den Tisch und verschmolzen zu einem heißen Wirbelwind, zu einem verschlungenen, verworrenen Flirren brauner Knie, weißer Kleider und schwarzer Haare.

»Zum Vögeln ziehen wir die Matratze an den Griffen vom Bettgestell und legen sie auf den Boden«, erklärte mir Lilja die hiesigen Gewohnheiten und Gepflogenheiten. »Danach, aber unbedingt noch in derselben Nacht, muß der Schriftsteller die Schriftstellerin in ihrem Zimmer anrufen und sich bedanken.«

»Wofür?« fragte ich.

»Was heißt wofür?« sagte Lilja verwundert. »Na, für den Stoff. Die einzelnen *Wörter und Formulierungen* sind natürlich tabu. Ich habe hier einem aus Leningrad erzählt und erzählt, mein ganzes Leben von A bis Z, bis ich sah: sitzt der doch auf dem Boden, ein Heft auf dem Schoß, und macht sich im Dunkeln Notizen. Ich zu ihm: Du Schwein, ich bin zwar aus der Provinz, aber schließlich bin ich auch Schriftsteller ...«

Fröstelnd standen wir dicht am unsichtbaren Meer. Nur die weiße Mondleiter reichte fast an unsere Füße. Nur die schwarze Kugel von Liljas Kopf und die rote Schleife auf ihrem Scheitel waren schwärzer als die Dschingis-Khan-Pupillen und die Düsternis der Nacht. Ich streichelte ihre glatten feuchten Zähne, ihre Gardisten-Schultern, die kleine heruntergerutschte Brust, den von den Geburten gerupften Bauch ...« – »Gib dir lieber nicht zu große Mühe. Das klappt sowieso nicht. Seit zwei Jahren liebe ich nur Allen Ginsberg.«

Und wirklich – es klappte mäßig.

Am Morgen war natürlich wieder eine Wespe da. Mit weit ausgreifenden Beinen stakste sie auf dem Fenster hin und her, drehte ungeschickt ihre eingefrorene Taille und sammelte auf ihrem sturen Gesicht mit der niedrigen Stirn Goldstaub. »Kriech doch durch«, sagte ich zu ihr, doch sie knurrte ärgerlich aus dem Bauch und fuhr erneut mit den dreckigen langen Flügeln über das Glas. »Was soll ich denn mit deinem Tigerbalsam, nun flieg doch schon ...«

Sie tat noch einen Moment so, als ob sie nichts gehört hätte, dann flatterte sie mit den Flügeln, fing an zu brummen und segelte seitwärts aus dem Fenster. Große Grobheit vertragen Wespen nicht, leichte Vertraulichkeit dagegen nehmen sie nicht übel.

In sich aufblähenden Unterhosen folgte ich ihr auf den Balkon. Tief unten im Hof hatten sich auf den künstlerisch eingeräucherten Gitterbänken die benachbarten Autochthonen niedergelassen – im doppelten Sinne dunkle Gestalten –, vierzig Mann; sie schauten zu, wie Lilja, die sich in ihrem engen, glänzenden Zeug wie zwei Schlangen wand, mit ihren Kindern Aerobic machte. So was wie ein Bienentanz, wenn du mit hungriger Aufmerksamkeit vom elften Stock herunterschaust. Überhaupt, außerhalb der Saison war Lilja die Königin von Pizunda. Arbeitsbienen mit quadratischen abchasischen Backenbärten brachten ihr Kompottgläser mit grauem Weinfusel, gigantische hohle Brotfladen, große dunkelmarmorierte Basturmá-Batzen, lockeren Käse und verhärtete Herzmuskel-Granaten...; schlappohrige Drohnen summten im Falsett und schwabbelten hinter ihrem Rücken mit den in blaue Trainingswolle gehüllten Bäuchen...; ihre Kinder wurden behütet von schnurrbärtigen Hummeln und hageren Hornissen mit ewigem Trauerschleier bis zu Braue und Wange. Der ganze zwölfstöckige Bienenstock stand gebannt in ihrem Zauber und wachte darüber, wohin sie ihr langes Bein setzte, zumal es ja jeden Augenblick den ganzen Staubschwarm aufstören könnte – und das wäre den Imkern gewiß kein Honigschlecken.

Gegenüber kam ein Schauer herunter. »Kinder, *Marsch, Marsch, ins Haus*!« rief Lilja, Beethovens Schicksalsmelodie anstimmend. Die Kinder zählten schnell durch und trippelten unters Dach, und Liljas Stimme erstieg die zehn Stufen über die sonnengestreifte Wasserzunge und setzte sich leise stechend auf meine Nasenwurzel. Ich rieb mir das Gesicht, schaute durch die Finger auf die vergoldeten Regenhärchen und ging schlafen.

Das Meer jagte große Stacheldrahträder über seine Fläche. Die Räder rollten bis an die schleimigen bemoosten Pfähle des Wellenbrechers, kamen ins Schlingern, brachen und fielen in sich zusammen. Am Fuße des nächstgelegenen Pfahls lag mit offenen wahnsinnigen Augen ein Bleiferkel bis zum Bauch im Wasser. Über der Küstenlinie schwärmten lange Vogelrhomben, die sich langsam an der kleinen Diagonale sammelten. Ein schöner Sonnenuntergang war allen Anzeichen nach nicht zu erwarten.

Auf den Lippen schmeckte ich Schweiß, bitteren wilden Honig und dreckiges Wespenwachs. Es wurde schlagartig dunkel. Der strahlende Mond tauchte aus dem Meer und schüttelte die Stachelbüschel ab. Hinter meinem Rücken wurde leise gelacht.

Dritte Leningrader Geschichte

»Morgen abend, etwa zwischen acht Uhr vierzig und neun Uhr zehn, bete für mich«, sagte ich zur Dichterin Burattynskaja.

Die Dichterin Burattynskaja nickte diensteifrig und blickte mit ihren durchsichtig blauen Augen aufrichtig zur Seite. Die Klinge ihrer Nase blitzte in den Strahlen der untergehenden Sonne, die das Marsfeld in eine verzwickte Kombination gleißender Kugelglitzer und das schwarze Wasser der Kanäle in eine einfache Folge glutroter Dreiecke verwandelte. An der Ecke des Marmorpalastes erwartete uns Zizja mit aufgeblähten Lippen im offenen struppigen Mantel; er stöberte mit den breitstirnigen Stiefeln bekümmert in dem durch das frisch vergoldete Museumsgitter drängenden revolutionären Laub. Ein Blatt, ein puterrotes, das seine verdorrten fünf Zipfel korkenzieherartig verdreht hatte, zog ich ihm von hinten unterm Fuß hervor und steckte es mit dem krummen Stengel hinter den weichen Rand seiner blauen Schirmmütze. »The Purple Rose of Luxemburg«, sagte ich und weidete mich an seinem Anblick. »So kriegst du auf der Stelle einen Bräutigam.«

Zizja zerrieb das Blatt zwischen seinen kleinen Eisenfingern und streute die glühende Asche auf die Fahrbahn. »Dann sag mir mal lieber«, er kaute an den Innenwülsten seiner harten Bäckchen, »was ist der Unterschied zwischen Pariser und Bubble-Gum?« Und ohne der Dichterin Burattynskaja und mir überhaupt Zeit zum Nachdenken zu lassen, erklärte er triumphierend: »Bubble-Gum ist ein Gummi, das riecht, Pariser ist ein Gummi, das kriecht.« Dabei kam er vor Lachen so ins Husten, daß er nicht zu Ende sprechen konnte und sich gezwungen sah, die Definition zu wiederholen, was er nach einem erneuten kläglichen Fehlschlag aber zugunsten einer schriftlichen Fixierung des Sinnspruchs aufgab, den er nunmehr mit einem Stück Ziegelstein Wort für Wort auf die Hauswand malte.

»Geht schon mal rein«, sagte ich, »ich muß noch anrufen.«

Sie verschwanden hinter dem verzogenen Torbogen, während ich die Chalturin-Straße weiterging und den harten schmalen Zweikopekenleib in meiner Hosentasche befühlte. Als ich mit einem Bein auf die Fahrbahn trat und mich wie »Liesel-nach-links« umsah, erblickte ich eine Nase, einen einsamen Zinken im Greisenmaul des Torbogens. Die Nase lachte mich offen und freundlich an. Ich drohte ihr mit der Faust, in der die zwei Kopeken steckten, und lief schräg über die Straße zum grünen Telefonhäuschen.

Den Salon in der Concierge-Wohnung, die der versoffene Hausmeister untervermietet hatte, führten Michail Hektorowitsch Ektorowitsch, *eine stadtbekannte Person* (wie er sich bei der Begrüßungszeremonie selber bescheinigt hatte), und zwei seiner jungen Freundinnen aus der Provinz – zur Zeit hießen sie Ljusja und Ljusja. Außer Ljusja und Ljusja waren ferner anwesend: Ljalja, Lilja, Nelja, Ljolja und Gubascha, hochgewachsene Mädchen in wallenden Gewändern. Ein warmherziger, gelockter Tschuktsche wippte – das auf die Nasenspitze zulaufende Gesicht abgewandt – mit seiner altrömischen Sandale gegen den Takt und sang heiser das Lied *Ach, wär mir nicht verschlossen der Weg zu dir, Marseille*. Bei *Marseille* trat ich ein. Die Arme weit ausgebreitet und mit hüpfendem graumelierten Ringelbart, erhob sich Michail Hektorowitsch feierlich von seinem roten Puff, um mich zu empfangen. In dem stadtbekannten Gesicht glänzten die stadtbekannten Augen freundlich und dumm. Er preßte meine Hand zwischen seine patschigen warmen Pranken, und ich hockte mich in die Ecke auf den Boden wie ein Heupferdchen. Lilja – oder war's Ljolja? – drückte mir eine Tasse *Marsala* in die Hand, dessen Farbe an Kamillosan erinnerte und der wie ein überfälliger Fallapfel roch. Kerzen wurden angezündet. Die Dichterin Burattynskaja, die mit hochgezogenen Beinen auf der Fensterbank saß, begann keck, Gedichte zu deklamieren. Der Tschuktsche umarmte die Gitarre mit seinem konkaven Leib und legte die feste gebräunte Haut seiner seitlich geneigten Stirn in v-förmige Falten, während seine Sandale fortfuhr, ein Theta zu beschreiben, so: Θ.

Der Morgen bot zarte Übergänge von Gold zu Fliederfarben, feine von Kobalt zu Blei, harte von Glutrot zu Kohle. Doch nach dem nächtlichen Gewackel und Geflakker der endlos ineinander geschobenen Kerzenkreise, die von dicken Papirossa-Schwaden tätowiert und von den Zimmerecken hoffnungslos verunstaltet waren, mußten die Augen sich erst durchbeißen und juckten heftig. Der Folklorekomponist Ferdjurin, der mit mir zusammen am Kanal entlangging, sagte, ihm tue sein Ohr weh, und packte sich die aufseufzende schwarzwandige Ziehharmonika auf die Schulter. Am »Haus des Buches« wartete Zizja (der sich brav um zwölf aus dem Salon losgeeist hatte) bereits ungeduldig auf Einlaß. Sosehr Michail Hektorowitsch auch bei Zizjas Stiefmutter antichambriert, so inständig er auch gebettelt hatte, Zizja nicht so früh zurückzufordern, Zizja und seine Stiefmutter blieben dabei: er mußte schließlich noch die ganze Nacht das Baby wiegen und die Winterstiefel für den kleinen Bruder einlaufen. Mitten im herbstlichen Funkeln und Glänzen lief Zizja jetzt in den Winterstiefeln ein kurzes Stück an den Marmorplatten der Singer-Fassade auf und ab.

Ferdjurin blieb bei Zizja, er war neugierig auf den Unterschied zwischen Pariser und Bubble-Gum, und ich fuhr im leeren schnaufenden Trolleybus den Newski hinunter bis zum Platz des Aufstands, wo bekanntlich genau in der Mitte eine kreisrunde, nicht eingezäunte grüne Insel eingelassen ist. Ich stieg also an der Mendelejew-Apotheke aus und betrachtete skeptisch die an einzelnen Spitzen rosig blühenden, weiter unten rot-schwarz glänzenden Büsche, die der unaufhaltsame Kreisverkehr von der zusehends ins Niesen und Schniefen geratenden Welt abschnitt. Ja, in der Tat – wozu ein Zaun? Nur durch einen unterirdischen Tunnel konnte man dorthin gelangen, den aber gab es nicht, und wenn doch, dann nicht für unsereins. Hätte ich besser nicht aussteigen sollen? War nicht die aussichtsreichste Methode, *dorthin* zu gelangen, die: in dem Moment, da der Trolleybus direkt an der Insel vorbeifährt, mit dem Nothammer eins der linken Fenster einzuschlagen und im Fosbury Flop hinauszuhechten? Ich umrundete zweimal den Platz und konnte von der engen Mündung des Staronewski aus gut das Hutzelweib mit dem schwarzen Gesicht einer halbtoten Taube erkennen, das auf den mit einem Sacktuch bedeckten Bänken emsig seine Nachtkollekte abrieb und sortierte. »Meine Gurregurgelchen«, girrte die Alte gurgelnd, während sie die weißen, grünen und tief bernsteingelben Flaschenhälse in Zweierreihen aufbaute, immer fünf mal zwei zu ein Rubel zwanzig. Wie war sie dahin gelangt? Und das schillernd rothaarige Mädchen mit den ironisch herabgezogenen Winkeln des spröden jüdischen Mundes, das (Schultern geneigt, Hände in den Regenmanteltaschen) seine Pobacke an den dicken steinernen Schnörkel der Bankrükkenlehne drückte (wodurch die Kreisform zu einem Dreieck wurde) und mit der spitz zulaufenden Stiefelette des anderen Fußes wippte... Wie hatte sie das gemacht? Ich überlegte und überlegte, breitete die Arme aus, verwandelte mich in einen von innen nicht bestimmbaren Vogel und überflog, schwer mit den Flügeln schlagend, die vor einer Ampel aufseufzende gelbwandige Ziehharmonika des 30er Autobusses. Aus einer besonders verräucherten Linde purzelte eine Strubbel-Krähe, sträubte die Federn, schlug nochmals einen Purzelbaum in der Luft und tauchte auf einmal erstaunlich zielgerichtet in den Ligowski Prospekt, wo sie sich streng an die sich verengende Mitte der Straßenbahnallee hielt.

In Großmutters Zimmer spielte der Fernseher die *Wettermusik*. Ein durch den Tüll schraffierter, zerbröselter weißer Streifen trat vom Hof her ins Fenster. Ich blickte auf die gleichmäßig eingefallenen, fast verschwundenen Brüste (an beiden ragte ein gekrümmtes hartes Haar), auf die immer noch nicht aufgerichteten Schultern, auf die niedrigen sommersprossigen Schlüsselbeine und auf das verhaßte spröde Gesicht mit den sich nie schließenden, ziellos spöttischen Augen...

Welch glückliche Fügung – auf demselben Sofa die Unschuld zu verlieren, auf dem man höchstwahrscheinlich gezeugt wurde. Und dabei auch noch von den Gebeten der Dichterin Burattynskaja begleitet.

Fünfte Moskauer Geschichte

In dem hohen abgerundeten Fenster quoll langsam die Wasserpflanze der Dämmerung auf. Dort, zwischen den glanzlosen Windungen, schlüpften im Flug Regenwürmer aus den Schneelarven und krochen klopfend und quietschend die Scheibe hinunter. Mein Gesicht tauchte aus dem Sofakissen: glänzend, verrutscht, schwammig. Zwischen Haut und Fleisch hatte sich ein hermetischer glühender Film geschoben und überzog den ganzen entrückten Körper. Brustabwärts dröhnte es leise und eng. Oben in der Kehle waren dicke, kurze Härchen gewachsen, die kitzelten und die Luft abschnürten. Immer wieder zogen sich an der Wand neben mir die dunklen vergoldeten, ineinander steckenden Kreise einer Ikone zusammen und auseinander, und vor ihr auf dem schmalen Regal brannte die in eine gehörnte Batterie geklemmte Glühbirne einer Taschenlampe und wurde von meiner Kurzsichtigkeit in einzelne gelb flackernde Pünktchen eines großen Kreises zerlegt. Sonja – ganz *Moskauer Cousine* – rannte durch die riesige, lichtlose Wohnung; sie ließ mal in der fernen Küche gußeiserne Serien fallen, mal gab sie im gegenüberliegenden Badezimmer den Zwillingen Wenja und Witja, die unbedingt ihre Kränchen vergleichen mußten, eintönig zwei auf die hängenden Bäckchen, mal ließ sie ihre vor Sorge reglosen kalten Lippen auf dem Halsansatz über meinem rechten Schlüsselbein ruhen. Manchmal plumpste sie auf das niedrige Sofa (dann hob es mich am anderen Ende hoch), zog den Hausmantel über den fest geschlossenen, schräg zu Boden gestreckten weißen Beinen zusammen und schimpfte wie ein Rohrspatz entweder über mich, der ich mich nur, wenn ich krank sei, bei meinen Verwandten blicken ließe (was nicht stimmte: Moskau und Mandelentzündung waren für mich Synonyme, und diesmal hatte es mich einfach während meines Pflichtbesuchs erwischt), oder über »Grinka, diesen Kriminellen« (der doch ehrlich die Hälfte seiner Strafe abgesessen hatte und dann amnestiert worden war). »Ja, das ist doch unerhört, heute früh hab ich ihn zum Leningrader Markt geschickt, einen Granatapfel für dich kaufen, und zur Bibliothek, Sweta nach Senfpflastern fragen, und meinst du, der kommt?! Wie soll man so einem denn noch glauben?! Bestimmt lungert er wieder mit seinen Kumpels in der Kirche herum!« – »Ihm glauben – gleich zweimal nein: als *einem Dieb, der nicht klaut, und als einem Jud, doch getauft*«, hätte ich für meinen Teil gesagt – tonlos und langsam, weil jedes Wort, das sich zwischen den fein gezackten Gummiwalzen meiner Mandeln hindurchschob, als langer, flacher, wie eine Zeitung raschelnder Laut herausgekrochen wäre –, aber da legte die Moskauer Cousine ihre frisch und dezent nach Wasserleitung riechende Handfläche lachend auf meine ausgedörrten Lippen.

Der Winter war ungewöhnlich morastig, die krummen Moskauer Ringe steckten knöcheltief in brauner Trübe; die träufenden Bäume rührten sich nicht bei Berührung; die Kaninchenmützen tragende Menschheit verabschiedete sich nicht lachend, sondern Einkäufe machend von ihrer Vergangenheit und drängte sich über Plätze mit Kopfsteinpflaster, durch matschige Warenlager und von durchhängenden schummrigen Purpurketten erleuchtete Verkaufsstände mit Neujahrstannen; dreckige Baumwolltauben mit grünen Seidenhälsen liefen durch die U-Bahn-Tunnel und kamen ins Rutschen; selbst die Krähen husteten; alles schwamm. Mir waren natürlich die Buchläden zum Verhängnis geworden – als ich aus der Stoleschnikow-Gasse auf die Petrowka-Straße kam, war ich noch gesund und munter, aber auf der Kusnezki-Most-Straße konnte ich links im Rachen schon nicht mehr den Schneestaub runterschlucken, der mir in den Mund flog. Immerhin, dafür hatte ich ein chinesisches Buch in der antiquarischen Abteilung des *Schriftstellerladens* erstanden; das abgewetzte Gold auf dem rauhen weinroten Buchdeckel zeigte einen langäugigen und langzöpfigen Greis im Chalat.

Es war jetzt ganz dunkel. Das Fenster war von einem grünlichen Schneesturm verhängt, durch den in diffusen niedrigen Winkeln die Strahlenruinen des »Dynamo«-Stadions durchschienen. Die Zwillinge hatte man zu mir geschickt, gute Nacht sagen – prustend und sich puffend, machten sie in gebührendem Abstand von der Tür mit ihren gleich dicken Beinchen ihren Kratzfuß. Onkel Hananias, ein grauer Kardinal der Staatlichen Planungsbehörde, war bereits aus einer seiner illustren Kommissionen zurückgekehrt, und hatte sich hin und wieder ans Herz fassend, sein kleines brauiges Gesicht über der morgigen Zeitung in Falten gelegt. Die Cousine stürmte herein, knipste über mir die Stehlampe mit dem gelochten Schirm an (dessen in unzähligen afrikanischen Zöpfchen steckende kleine Perlen klickten), und schon stand sie mit einer Schüssel verdünntem Essig in Hüfthöhe neben mir. Mit dem getränkten Handtuch rieb sie mir das Gesicht ab, wohlig entspannte sich die Haut, der glühende Film verschwand, die abgeriebenen Knochen von Stirn, Kinn und Backen atmeten frei. Dann kniete sie sich auf das Sofa, krempelte mir das Unterhemd so hoch es ging, und mit der keinen Widerspruch duldenden Drohung *Jetzt hab dich man nicht so, wir sind doch eine Familie* rieb sie unter den Achseln, wischte die Brust ab (wobei sie interessiert mit dem spitzen Nagel des kleinen Fingers ein an der linken Brustwarze klebendes langes Haar anhob), rieb die Seiten und den vorquellenden bleichen Bauch. Ich versuchte, mich aufzurichten – sie stieß meine Schulter mit der Faust leicht zurück und tunkte den gerunzelten, warm gewordenen Handtuchzipfel wieder in die Schüssel. Dann zog sie am Gummi der Unterhose (ich wollte mit meinem wehrlosen Schoß hinterher, bekam aber einen weiteren Stoß, diesmal unter die Rippe, woraufhin ich mich endgültig geschlagen gab) und spähte naseweis hinein. »Alles an Ort und Stelle, alles, wie gehabt«, informierte mich meine liebe Cousine in geschäftigem Moskauer Parlando und plätscherte ein wenig mit der Hand in der Schüssel, die sie auf das purpur- und rostrote Ornament des abgetretenen Perserteppichs gestellt hatte. Und steckte ihren weichen, frischen, kräftigen Handteller flach unter dem Gummi durch. Mein Genick kippte über den Rand der Sofalehne, ich zählte die kurzen glühenden Funken vor den halbgeschlossenen Augen und die kalten langen Punkte unter der halbgeöffneten Unterhose. Bei dem siebzehnten und vierten erschauerte ich schadenfroh. »Sieh mal einer an«, wandte sich Sonja erstaunt an mich. »Überall sprießt Leben!« Sie dehnte den Gummizug noch weiter, legte die kühle dicke Wange auf meinen Unterbauch und schob das Gesicht noch weiter in die Tiefe. Sie erkundete das Terrain mit ihrem harten, kalten, nach oben gebogenen Schnabel, richtete sich wieder auf und warf, etwas an ihrer Hüfte festhaltend, das wunderbar frei schwingende, straffe, matt durchscheinende, nach besten Pariser Schnittmustern gearbeitete Bein über meinen Körper. Mein Kopf kam hinter der Sofalehne hoch. Ihr markantes Gesicht beugte sich rasch vor und ließ zwei längliche betäubende und (ja, wie sehr denn noch?) kühlende Pillen aus ihrem in meinen Mund fallen. Meine atemlose Kehle gefror sanft im Umkreis der salzigen Längsritze und rutschte durch die mittlere Bruströhre ganz nach unten. Gott sei Dank, diese rhythmisch durchlöcherte Stehlampe wurde von ihrem großen jüdischen Körper und ihrem kleinen ägyptischen Kopf mit der niedrigen ebenmäßigen Stirn und den hinter die Ohren gelegten dunkel glänzenden Haaren verdeckt – und endlich taten mir die Augen nicht mehr weh.

»Wie immer, im unpassendsten Moment«, sagte sie kurz darauf und sprang mit einem Satz aus dem Sattel. Mit dem linken Fuß hüpfte sie im Pantoffel auf und ab, mit dem rechten zielte sie auf die zerknitterte Seidenöffnung, mit der linken Hand tastete sie meine Stirn ab, auf die sie sich gleichzeitig stützte, und mit der rechten half sie mal dem entsprechenden Fuß, mal krempelte sie mein Unterhemd herunter – und all das ohne sonderliche Eile. Und schon war ihre tiefe Stimme im Flur zu hören. Hoffentlich ist uns der russische Gott ob unserer jüdischen Schwänke nicht böse.

»Wie, Boris und Gleb schlafen schon?« erkundigte sich der zweimal umerzogene Grigorij munter, während er sich aus dem Mantel schälte. »Und wie steht's mit dem Verwandten?«

»Ein Wunder, daß du heute noch gekommen bist?!... Moment, und das Senfpflaster?«

»Ach, Teufel auch!« Und mit seinen über dem Arm hängenden Wollklamotten bekreuzigte Grigorij verängstigt sein schmales dreistufiges Gesicht mit den zwei haarigen Haken oben und unten: »Wohin willst du?«

Die Cousine Sonja zog schon ihr Pelzgefieder direkt über den Hausmantel: »Wohin, wohin... Ich geh Sweta suchen, sie hat heute, glaub ich, Abend-...«

Besorgt kam Onkel Hananias herausgeschlurft: »Was ist, Sonetschka, geht es Alik so schlecht? Soll ich die Geheimnummer wählen und den Notarzt rufen?«

»Nein, nicht nötig, Papa, mach dir keine Sorgen. Es geht ihm schon besser – er hat gerade ordentlich geschwitzt.«

Und das stimmte ja auch … Obwohl ich natürlich besser selber Sweta suchen gegangen wäre. Aber ich wußte nicht, wo ich die Rote Ecke dieser Generalshausverwaltung finden sollte.

Dampfergeschichte

Gegen Abend wurde allen übel. Ein Matrose kam und gab jedem eine huckelig flache, glucksende und triefende, längsgerunzelte dunkelgrüne Gurke. Vierzehn Mädchen zogen gleichzeitig ihre karminroten Lippen breit und vor und schnappten zu, daß es knackte. Und sieben zweistöckige Kojen verschwanden, ritsch-ratsch, wieder hinter den lustigen Vorhängen. »Danke, ich mag lieber frisch eingesalzene«, sagte ich und streckte die Mähne durch den Vorhang. »Verdammt, du willst wohl kotzen!« posaunte der riesige Matrose prophetisch drohend: »Auf dem Onega-See kotzt ihr kleinen Scheißer doch mit Vorliebe!« Mißtrauisch wählte ich aus den Gurken, die noch im gelbgrünen Wasser des zweihenkligen, vom wachhabenden Samariter ausgetragenen Kübels herumpurzelten, eine besonders kleine und feste und biß vorsichtig in ihren spritzenden knackigen Widerrist. Das Bullauge gab die Sicht auf das Unterdeck und von da zum Onega-See frei; dem Auge verborgen, war er dem Zwerchfell um so präsenter. Der See rutschte nach oben; das Zwerchfell hinterher. Eine der Seemannstöchter lag auf ihrem breiten Rücken, in Jeans, die Beine hochgehoben und gespreizt, und betrachtete nachdenklich die tropfende halbleere Salzgurke: wie sie schaukelte, eingeklemmt zwischen den großflächigen Fingernägeln, die, lang und abgerundet, auf dem zartlila Feld mit winzigen Sternchen beklebt waren, sich ungehindert nach unten bogen und in der Dunkelheit des verhängten Bettes sogar ein wenig leuchteten. Ich saß, die Füße ihr zu Füßen, und wollte um nichts in der Welt in die Jungenkajüte zurück, wo es zur Krönung aller Unannehmlichkeiten nach Socken roch (doch, auch nach meinen!) … Ach, ihr Seemannstöchter, ihr Seemannstöchter, ich schulde euch bis heute zärtlichen Dank, ihr strohfarbenen lebenslustigen Ausgeburten der Südküste! Ihr habt mich mit vier Tage altem marmoriertem Rote-Bete-Salat gefüttert (den ich verabscheue), habt mir eure geerbten Vorlesungsmitschriften geliehen (die ich nach dem Examen unter der Bank vergaß), habt mich in schmale volkseigene Betten zu euch gelegt und euren französischen Lippenstift großzügig mit mir geteilt: bis heute schmecke ich das Wachs bitteren Honigs. Manchmal habt ihr mich auch nicht ins Bett gebracht, wofür ich mich besonders tief vor eurer fröhlichen Gunst verneige – auf diese Weise habe ich Gott sei Dank keine Bekanntschaft mit dem Tripper gemacht, habe nicht bei schwindendem Bewußtsein zuschauen müssen, wie das schreckliche Glasröhrchen von einem abgebrühten Provokateur gemächlich in den armen Harnkanal eingeführt wird. Und als der Onega-See senkrecht über der im Krieg erbeuteten »Wladimir Galaktionowitsch Korolenko« dräute, habt ihr mich zum Kotzen hinter den Vorhang zu euch gelassen; ihr, meine lieben olivenäugigen und apfelmündigen Töchter warmer Meere! Ewiger Dank ist euch gewiß …

Natürlich hießen alle Mascha, und entsprechend hielt sich unsere Reise an die Marien-Wasserroute. Wir hatten *Schiffspraktikum*.

Das Motorschiff (bisher und im weiteren allein des schönen Stils wegen *Dampfer* genannt) lag in perlgrauem Nebel an der halb aufgelösten Anlegestelle. Die Bäume staken bis zur mehrfach durchbrochenen Brust im heruntergelassenen Himmel, die Wachtürme der Lager in der Umgebung hingen als eingesunkene gelbe Flecken darüber. Der Nebel war so dicht, daß man Angebranntes zu riechen meinte. Ich schleppte aus der Kombüse einen gigantischen glanzlosen Topf mit Makkaroni à la Flotte über das Unterdeck – das Frühstück der Besatzung für einen geruhsam begonnenen Tag. Entlaufene Sträflinge in langen Booten tauchten dicht neben dem Bord der schlafenden »Korolenko« aus dem Nebel und blitzten lautlos mit Äxten. Ein kleines Viech grunzte in den schiefen Planken der Anlegestelle und flog, hysterisch mit den Flügeln glucksend, durch den Dampfer. In der Marien-Kajüte erklang *July morning*, und das war nun wirklich die Wahrheit. Ich beförderte den Topf mit Tritten mitten in die gute Stube, und wir machten uns daran, die Makkaroni à la Flotte zu verspeisen, wie die Usbeken ihren Plow, auf usbekische Art – mit den Fingern. Vier Mädchen stapften, in lockerer Umarmung, langsam um den Topf herum. Weitere acht schlürften gelben Wein aus den Tassen und schütteten die unsortierten Perlen des Makkaroni-Hacks in ihre glänzenden Münder. Ich zog den Vorhang zu und krempelte der Seemannstochter die Hose runter. Sie lachte lautlos, drückte ihren stämmigen Zeigefinger an der Nase platt und wies auf die obere Liege. Die Hose ließ sich nicht über die Knie krempeln. Oben grunzte und gluckste irgendein Viech. Ich fiel erschöpft auf die schwache Brust meiner verängstigten Schönheit.

»Maschka, schläfst du?« – »Hm.« – »Dann schlaf, du blöde Kuh! ... Maschka!« – »Hm?« – »Warum fahren wir denn nicht?« – »Frag den Kapitän.« – »... Maschka!« – »Ja?« – »Stimmt es, daß die Dampfer hier überfallen werden? Dieser, na, der Jurjew hat gesagt ...« – »Pppph, bist du blöd, der hat dich doch auf den Arm genommen ...« – ... Das Schiff gluckerte auf einmal, erzitterte leicht und setzte sich offenbar in Bewegung. Schreiend und torkelnd flogen von seinen Schornsteinen schwarze Rauchvögel. Der Osten war an der schmalen Unterseite goldgesprenkelt. – »Maschka, ist dir schwindelig?« kam es tonlos von der oberen Koje. – »Na, klar.« – »Probier mal, dich auf den Bauch zu legen. Auf dem Bauch ist mir nicht schwindelig.« – »Gut, probieren wir's...« sagte meine, die untere, Maschka und drehte sich kichernd und ächzend um. Genauer: wir drehten uns um. Gegen das Bullauge trommelte es satt vom Deck. Das war der Wachhabende, der die Makkaroni abholen kam. Sein bärtiges Gesicht lag plattgedrückt auf dem staubigen Doppelglas, sah aber nicht böse aus, sondern nur riesig und bleich. Die Mädchen beförderten mit nackten, perlmuttgefiederten Beinen das Zauberfaß über die Schwelle und verrammelten kreischend die Tür. Der Wachhabende kratzte sich linkisch, atmete durch und trollte sich unter dem gutmütig metallischen Quietschen der Topfdollen.

Für das Praktikum mußte ich eine Nacht an Deck Wache schieben. Der Matrose ragte dunkel und reglos über dem Steuer, das er mit seinen riesigen Fäusten bei den Hörnern gepackt hielt. Wir fuhren in den Rybinsker Stausee. Das halbe Gesicht mit einem Taschentuch bedeckt, schlummerte auf dem einzigen Stuhl in der Ecke der Kapitän, ein alter giftiger Jude, der in der Sommersaison seinen Rentnermonat abarbeitete. Ich trottete hin und her; das Schweigen, die Lichter der vorbeiziehenden Schlepper, der tiefviolette gekrümmte Himmel langweilten mich; ich stützte die Ellbogen auf den Tisch, legte das Kinn in die Hände und studierte die Schiffskarte unter dem dicken warmen Plexiglas. Ich träumte von Dunkelheit, überfluteten Bäumen, Lichtern und wieder Dunkelheit und von der Kuppel der Kirche von Wýterga, die dem Mittag mit neuem Blattblech entgegenglänzt, und von den pausbackigen, in der Kajüte vierter Klasse durch die südlichen Rachenmandeln röchelnden Schönen – ihnen ist heiß, sie haben ihre kräftigen rosigen Beine durch die Vorhänge gesteckt, (die in den unteren Kojen) haben sie zum Auslüften auf den Boden gestellt (oben ist ja gar keiner: flüster, flüster, ausgeflüstert) –, und wieder perlgrauer Nebel über der halb überschwemmten Anlegestelle und aus irgendeinem Grund die Dichterin Burattynskaja, die von den gekreuzten Latten einer Schuppenruine auffliegt, und ein entlaufener Sträfling, der in einem vom Nebel verschluckten Boot schaukelt, schüttet von der Axt Makkaroni à la Flotte in seinen zottigen Mund, da wird mir übel und ... – »Junger Mann, soll ich Ihnen vielleicht das Lotsenhandbuch geben? Ich sehe, Sie studieren mit Interesse die Schiffskarte ...« – Nein, du jüdischer Nelson, ich brauch dein Lotsenhandbuch nicht, steck's dir in den Arsch. Das ist leichter als bei dem Mädchen, deren Hose sich nicht weiter als bis zu den Knien runterkrempeln läßt, und den Kopf in den Nacken geworfen, lacht sie nur und singt sich leise eins.

Vierte Leningrader Geschichte

Ich bekam eine rote Armbinde und eine Trillerpfeife. Der Milizionär, der einem Georgier glich (er war ja auch einer), verkündete ohne Akzent, aber mit unterdrückter Leidenschaft: »Vom ›Olympia‹-Park bis zur Trinkhalle Ecke Fünfte Rotarmisten-Straße kontrolliert, ob irgendwo jemand trinkt. Und dann...«

Ich saß am vergitterten Fenster auf der warmen verkritzelten Bank und las das *Verzeichnis der Festnahmen.* Darin stand: *17.30. Festnahme Sch. G. Bajmuchametow, geb. 1954. Betrieb im »Olympia«-Park Onanie (Wichser). Schichtleiter Waxenko*, und von anderer Hand geschrieben, schräg daneben, in Lila, der rätselhafte anonyme Eintrag: *Vollstreckt.*

»Und wenn ein Verbrechen geschieht, ein Überfall oder eine Vergewaltigung – was dann?« unterbrach eine stämmige Tusse mit gelbem Pilzkopf in smaragdgrünem Glokkenmantel.

»Dann: nichts wie weg«, antwortete der Milizionär bestimmt. Die Tusse seufzte, und ihre dicken, gütigen Beine verstauten vier Einkaufstaschen unter dem Stuhl. Der Armenier Iwanow (unebenes langes Gesicht, Amselaugen, die unentwegt zwischen dem drahtigen Haarbusch und dem kurvigen Kinn hin und her huschten) rieb sich mit seinen Karottenhänden ausgiebig die Möhrenohren. Die Litauerin Swajuna setzte ihre rosa Flauschmütze mit den rührend verfilzten dunklen Daunen auf. Der Jude Ich band sich, die Schulter unter den Hals geklemmt, die Armbinde um den rechten Ärmel. Unsere Patrouille schwärmte aus.

In der Eckgasse ruckte der Regen mit seiner Schleppe um die Ecke. Einen trüben Dreispitz aus Plastik auf dem Kopf, hüpfte die Tusse durch die in feinen Splittern explodierenden Pfützen ins Frunse-Kaufhaus, das einem gigantischen halbleeren Handgranatenkasten glich. Bald war nur noch ein grüner Fleck von ihr übrig – in einer schräg auf der Stelle hopsenden Riesentropfenwolke, wo sich in jedem einzelnen dunkelnden Tropfen leise eine gelbe Laterne an einem welken Stiel entzündete. Wir standen immer noch im Hausflur herum. »Also, nehmen wir zwei oder vier?« fragte der Armenier Iwanow. »Ist das nicht zuviel?« zweifelte der Jude Ich. »So lange ich dich kenne, sagst du immer, es ist zuviel, und hinterher stellt sich immer heraus, daß es zuwenig ist«, sagte Iwanow und sah tragi-ironisch zur Seite und nach oben. »Ich trinke nicht mit«, sagte die leicht lispelnde Swajuna. »Dann geh sie wenigstens holen«, sagte ich und zog mir die rote Armbinde vom rechten Ärmel. »Geh doch selber!«

Das nächste Geschäft war an der Ecke Eckgasse / Moskauer Prospekt. Mit der Leinentasche wedelnd und auf mageren Storchenbeinen staksend, lief Iwanow über die weißen und himbeerroten Quadrate des gefliesten Bodens – genauer: durch das schwärzliche, sich in Klecksen sammelnde Wasser – an U-Booten hellblauer Wurst und Eisbrechern rothäutigen Käses, an frisch vergewaltigten rosigen Hühnern und an etwas Bunt-Grauem, Trockenem, Zerstückeltem vorbei, das in vornübergeneigte zylindrische Gewürzgläser abgefüllt war – zu: »Saft – Wasser – Wein – Sekt«. Iwanow war in Eile, denn in siebzehn Minuten schlossen die Spirituosenabteilungen, und er mußte den Bestand noch mit dem Sortiment Ecke Sechste Rotarmisten-Straße / Moskauer Prospekt, Ecke Achte Rotarmisten-Straße / ebenfalls Moskauer Prospekt, auf dem Ismailow-Prospekt und im Lebensmittelkaufhaus »Pfeil« vergleichen.

Außerdem war Iwanow in Eile, weil er ein ungutes Gefühl hatte, daß ich mit der Litauerin Swajuna allein auf den obersten Stufen der stillen, dunkelnden Treppe zurückgeblieben war und, wenn ich nur den trockenen, elektrisch knisternden Pelz mitsamt mit dem karierten Schoß ihres Wollkleides hochschob und ihr die stumpfe Strumpfhose und den festen hellblauen Schlüpfer auf die leicht bespritzten zweieckigen Stiefeln runterzog, sie vögeln könnte, worauf Iwanow, ehrlich gesagt, selber spekulierte.

»Diese Russen, alles Alkoholiker«, dachte Swajuna von mir und Iwanow, als sie durch die menschenleere Konditoreiabteilung des Kaufhauses »Pfeil« ging. Sie dachte das auf russisch, denn eine andere Sprache konnte sie noch nicht, sie hatte gerade erst angefangen, mit Hilfe eines moldawischen Lehrbuchs Rumänisch zu lernen. Ihre breiten, glatten Brauen bewegten sich parallel zu den grauen Pupillen, die über die verglasten Theken streiften – von einer mit weichen Nußkrümeln bestreuten Torte zu einer anderen, mit Blättern und Blüten aus hartgefrorener grüner und rosa Margarine garnierten. Ihr Kinn schob sich zum Mund hinauf, in dem sich ein Drops stoßartig drehte. Die dünne, zart gefältelte Kehle schluckte ab und zu heftig. Sie lächelte, als sie sich erinnerte, wie ich ihr im Autobus die Hand unter dem Pelz auf den Bauch gelegt hatte, und dachte, daß ich, obwohl Jude, wahrscheinlich zärtlich und tapsig wie Alain Delon bin und daß sie mich an sich heranlassen würde, wenn nicht schon morgen ihr Dumitru zurückkäme; und wie wohl seine Mutter, die Schlange, reagiert hatte; und daß sie für morgen eine Flasche aufheben müsse – natürlich keinen Portwein, Rumänen trinken keinen Portwein, aber andererseits: er wird schon selber was aus seinem bescheuerten Ploieşti anschleppen, sie sollte sich jetzt lieber endlich entscheiden, ob sie nun die runde mit den Nüssen oder die mit den Röschen will,

und soll Iwanow sich doch schwarz ärgern, daß sie nur zwei Pullen genommen hat – die sind nun mal keine Rumänen und können nicht vernünftig trinken –, lassen sich vollaufen, gehen in den Regen hinaus und lachen, fallen der Patrouille eines anderen Reviers in die Hände, der georgische Milizionär meldet es schriftlich der Arbeitsstelle, bestenfalls kriegen sie den freien Tag gestrichen, und sie muß doch noch bügeln, aufräumen und sich waschen, besonders hier, weil, wenn Dumitru zurückkommt, der sofort die ganze Zeit vögeln will und sie dann keine Zeit mehr hat.

Ich ging langsam dem Regen entgegen und versuchte, ihm die Seite zuzuwenden. Doch ich verhedderte mich im Innenleben der langschößigen Nylonkutte, die der gute Doktor Schapiro aus Zürich dem in Edom gefangenen Kind Israels geschickt hatte, und die angeknöpfte tiefe Kapuze rutschte mir in die Augen. Mir blieb nur, geradeaus zu gehen; dabei beugte ich mich so stark vornüber, daß ich das Licht der Laternen und Ampeln auf dem gischtglänzenden Asphalt in Brechungen gespiegelt sah. Die verfluchte Kapuze dellte sich wie ein Löffel, das schwere Wasser sammelte sich im Stirnhaar und lief in blauschillernden Rinnsalen innen an meiner Brille herunter. Eigentlich liebe ich den Regen in der Stadt, er bringt solch eine Stille in die Straßen; andererseits, was dabei herauskommt, ist entschieden zu naß. Der Asphalt unter mir glänzte und dampfte in einem weißen Streifen, und darüber zuckte wie ein Baum aus weißen Funken der Regen. Ich legte das Gesicht an die kalte, fettige Schaufensterscheibe – da schob sich seitlich aus einer Menschenmenge, über der Hände schräg mit Kassenbons herumfuchtelten, ein schwarzbrauiger Mann im Kunstlederhut in den Vordergrund. Er hielt in jeder Hand zwei gradschultrige Flaschen, die dunkelgrünen Hälse zwischen den gekrümmten Fingern. Auf dem weißen Etikett prangten drei große blaue Siebenen – ein Glücksfall sondergleichen. Ich seufzte ergeben und betrat den Laden. Während die Schlange in freudiger Panik nach den sich leerenden Kisten (ausgeplünderten Nestern in dickhalmigem Stroh) Ausschau hielt und zur Kasse vorrückte, drehte ich die feinlippige Trillerpfeife in der Hosentasche und dachte darüber nach, was sie für ein seltsames Gespann waren: die Litauerin Swajuna das Vorderrad, die Armenierin Gajaneh, Iwanows Frau, die Achse mit den beiden Hinterrädern, und er, der Arme, darin eingesperrt und hin- und herhüpfend wie ein Heupferd; und ob es überhaupt brünette Heupferdchen gibt; aber immer haben sie viel zu kurze Ärmel und Hosenbeine, und ihre Scharniere quietschen und klacken; und wie sollen sie auch nicht quietschen und klacken, nach dem Rosé Moldawia zu ein Rubel siebenundachtzig, wenn ich mich da nur nicht irre, wo ich das jetzt nach elf Jahren hier, in einem spätbarocken Schloß am Rand einer zwischen Bergen eingeklemmten langen deutschen Stadt, niederschreibe, während vor meinem Fenster die Nacht steht: Lichtschaum aus Mond und weißen Laternen und ein nach unten gekämmter Baum, der bei Gewitter einer lautlosen weißen Explosion gleicht.

Zweite Moskauer Geschichte

Wenn Sie wüßten, wie schwer es ist, nachts in einer vom Strom abgeschnittenen Wohnung aus dem Stand, nur dem Klang folgend, in das hallende Löchlein auf der schmalen, unsichtbaren Stufe zu treffen: den kümmerlichen Stumpf der hohlen Stielwurzel einer abgeschraubten ... – nein, abgeschnittenen! nein, abgerissenen! nein, abgehackten! nein: abgeschlagenen, abgedrehten und abgeschleppten – hier einst reglos schwimmenden weißen – (weißen?) – Wasserlilie aus dickem Porzellan! Wenn Sie wüßten, wie der Urin, unsichtbaren glühenden Staub versprühend, auf dem Zement prasselt und tanzt! Und wie er, endlich am Ziel, mit erleichtert konzentriertem blechernem Bububu in den luftlosen Schoß der Erde schießt, in die Gefilde der Seligen aller Geschlechter und Stämme seit Anbeginn der Urinentleerung.

Márjina Róstscha: Marienhain, Márjina Róstscha: chassidische Kerzen langsam tanzender Pappeln, Luft voll langsam segelndem Flaum, langsam blitzende Armut, an Apotheke erinnernder Duft vertrockneter Himbeeren... In die Kluft eines deiner unwiderruflich geräumten Häuser war ich geraten, nur weil die Hauptmannswitwe sich plötzlich als Soldatenmutter entpuppt hatte. Sie war ständig mit Tüten bepackt *zur Truppe* gefahren und brachte schließlich in einem staubigen Taxi ihr Söhnchen an: schwarzstoppelig, mit einer schiefen Maschine geschoren, den Blick wie die Rotarmisten schief zur Seite und nach unten gerichtet. Das Söhnchen hatte seine zwei Jahre absolviert und kam wieder heim, während Iljuscha Chmelnizki und ich, die wir während unserer drei Aufenthalte in Moskau je vier Romane von Erich Maria Remarque gelesen hatten, blöderweise irgendwo unterkommen mußten. Der findige Iljuscha wurde als erster fündig – bei einer Frau, und zwar seiner eigenen, allerdings zukünftigen, allerdings in Zukunft ehemaligen. Auf mich aber wartete, wie sich herausstellte, Márjina Róstscha.

Es begann für mich ein Leben, noch abenteuerlicher als das bei der Udmurtin.

Die Udmurtin war im Besitz eines Doktortitels, hatte kräftige rötliche Backenknochen an den Beinen und trank Klaren. Ihr rotes Haus hatten vor Urzeiten deutsche Kriegsgefangene aus verwittertem Friedhofsbackstein gebaut (offenbar unaufgeklärte Sympathisanten des baden-württembergischen Rokoko – so ein Kokolores). Gleich hinter der letzten Ecksäule dieses Hauses begann die grenzenlose Steppe, dort mündete die Warschauer Chaussee und von dort kam der Lover Wolodja.

Der Lover Wolodja zerrieb mit schweren Pranken sein langsam errötendes Gesicht, in dem sich eine volkstümliche Gerissenheit andeutete, und beschimpfte die Udmurtin als Tatarin und falsche Schlinge. Dann gingen sie ins Zimmer; ich lag im Flur auf dem rostroten Hüttenteppich mit phallischer Symbolik und hörte, wie sie sich seelenruhig prügelten. Mitten in der Nacht ging er; stieg höflich mit seinen Benzinbeinen über mich hinweg und war fort; die Udmurtin aber, in langem Nachthemd, eine Spitzenstola über ihren kleinen muskulösen verhauenen Schultern, ging, nachdem sie hinter der Badezimmerwand, direkt an mein Ohr, geplätschert hatte, in die Küche Tee trinken.

Und nun hatte Boris Ponisowski, ein Abstrakzionist des Lebens, mich also in Márjina Róstscha einquartiert.

Kacken fuhr ich zum Rigaer oder zum Weißrussischen Bahnhof; – das hatte sich der Erstsquatter Mischa Shwawy ausbedungen, ein renommierter Meister des Untergrund-Schattentheaters, der hier manches Mal trainiert hatte, der chinesischen Laterne eine künstlerische Nase zu drehen. »Mein Lieber«, sagte er bei der Schlüsselübergabe zu mir, »wenn ich den genialen Boris nicht so schätzte, würde ich Sie natürlich nie in meine Kunstwerkstatt lassen. Aber zum Kacken fahren Sie bitteschön zum Rigaer Bahnhof. Oder meinetwegen auch zum Weißrussischen, was Ihnen lieber ist. Strom und Wasser sind abgesperrt, und wenn jemand Wind bekommt...« – und er bewegte alle zwölf Zauberfinger wie Gliederfüßler: »Ich persönlich ziehe den Rigaer Bahnhof vor, da ist es irgendwie gemütlicher.« Und während sich der Glückspilz Chmelnizki und seine künftige untreue Frau in der frisch hochgezogenen und erstbezogenen cremefarbenen Festung auf der Bolschaja Grusinskaja an »Munterkeits«-Tee und »Jubiläums«-Keksen gütlich taten, schlich ich mich wie ein Dieb in der Nacht durch die niedrige Straße, vorbei an furchterregenden leeräugigen Trolleybussen, die schief am Straßenrand kauerten; quer über einen von schwarzem Glas knackenden Schuttplatz, dessen große Porzellanruinen unter dem schmalen Mond phosphoreszierten; und: über eine unsichtbare Treppe – drei Streichhölzer pro Stockwerk – nach ganz, ganz oben.

Mit zusammengekniffenen Augen und in der Luft herumtastend, arbeitete ich mich zu dem Zimmer vor, zog mit einem Fuß den Schuh vom anderen und legte mich, nachdem ich schnell noch *zur Nacht gebetet* hatte, auf die zusammengeschobenen Kisten, die mit einer behaarten Preßspanplatte abgedeckt waren. Ein Pinocchio war stümperhaft darauf gezeichnet, seine schwach und ungleichmäßig grünen Konturen leuchteten unheilvoll in der Finsternis. Ich bettete den Kopf auf die zusammengerollte Jacke und schlief ein, berieselt vom Kreidestaub der Zimmerdecke, die bei jedem unterirdischen Beben in Schwingung geriet. Braune runde Mäuse kamen aus ihren Löchern, um meine zu Boden hängende Hand zu inspizieren. Sie ward gewogen und für zu leicht befunden.

Um mich zu waschen, mußte ich mit der U-Bahn und zwei Autobussen noch über die Volkswirtschaftsausstellung hinaus ins Mossowjet-Viertel fahren. Dank des allmächtigen Namens jenes genialischen Boris öffnete sich eine ungestrichene Blockwohnungstür – die Zwillingsschwester meiner Schlafplatte mit dem Pinocchio – und hinter ihr: Ruhe, ein Teekessel, ein melancholisches Mädchen, das einem Känguruh glich und Tag für Tag aus Salzteig Kühe, Geißlein und rundbärtige Pfeifenbläser knetete, sie im Backofen härtete, mit roten und weißen Rosen bemalte, um sie am Sonntag, sorgfältig in körnigen Bast gewickelt, auf den Markt im Ismailowo-Park zu tragen.

Ich stand unter der gelben Dusche und rieb mich mit einem schmatzenden Schwamm übertrieben kräftig ab. »Dauert es noch lange?« – Das Mädchen schlurfte schwerfällig ins Badezimmer, um graue Schwaden Kleister in ihr segensreiches Blümchen zu kippen und freundlich-spöttisch ihre Kaninchenzähne zu blecken – dies galt meiner seit einer Stunde schon reglos durch den beschlagenen blauen Plastikvorhang dämmernden Gestalt: einer verschatteten Kumuluswolke in prasselndem Duschdunst: »Der Tee ist längst fertig, ich muß los ... Das ist nun mal so, hol sie doch der Teufel, diese Arbeit ... – kein Ostern und kein Pfingsten!«

Ich half ihr, die Bastsäcke mit den Keksskulpturen zu

dem Kuli in der Bäckerei nebenan zu schleppen, einem verschlafenen Koreaner, der in eine motorisierte Rikscha mit der beinahe ehrlichen Aufschrift »Brot« eingespannt war, ich nieste die Auspuffgase aus und fuhr im Bus zurück.

Der von unsichtbaren Wolken eingeseifte Mond von Márjina Róstscha sickerte, ein Wellenstrahl, durch den Fensterwinkel, von dem sich die aufgeklebte Zeitung »Literatur und Leben« ein wenig gelöst hatte. In dem schiefen Dreieck an der Wand drehten sich nervös die von Mischa Shwawy im Stich gelassenen Schatten. In offizieller Szenerie warf er sie grundsätzlich nicht. Von den unbedarften Playboy-Häschen der frühen Jugend bis zu den gegenstandslosen Kompositionen des Spätwerks, alle bewegten sie sich in langsamen Sätzen, einer durch den anderen hinduchspringend, nach einer komplizierten Choreographie, der gehorchend sie mal in der Finsternis verschwanden, mal ins Licht zurückkehrten. Ich schlief ein, der Mond ging auf Zehenspitzen...

Pernauer Geschichte

»Wie kommt es nur, daß Idioten so auf Pasternak und Schlampen so auf Zwetajewa stehen?«

»Mischa, könnten Sie mir vielleicht Feuer geben«, bat die geduckte Sina und drückte ihre verkrampfte Hand mit der »Tallinn«-Zigarette, die zur Hälfte zwischen den lässig gekrümmten Fingern heraussah, an die Lippen.

Mischa Archangelsk, ein rundlicher Junge mit dem Gesicht eines Weißfuchses, blickte sie mit tönernen Augen an und antwortete in komisch übertriebenem jüdischen Tonfall teilnahmsvoll: »Hab meine Kanone nicht dabei.« Übrigens hat sich der Ärmste sein Leben lang nicht von dieser ursprünglich *als Verarschung* gemeinten Art zu reden befreien können, und selbst, als er ein paar Jahre später (wegen finanzwirtschaftlicher Erfolge aus dem gleichnamigen Institut geworfen) zum Entsetzen seiner Archangelsker Mammele und Pappele Fahrer des 10er Trolleybusses in Leningrad geworden war, befleißigte er sich beim Ausrufen der Haltestellen dieser unausrottbar fragenden Intonation: »Nächste Haltestelle? Großer Kaufhof?«

Die Knie angezogen, den Hintern im gestreiften rauhen Leinen durch den eisigen Sand schleifend, schaukelte ich sanft in einem klapprigen Liegestuhl und blickte auf die Ostsee. Im Grunde war es umgekehrt, das Meer, bequem in sein nicht ganz gefülltes Amphitheater hingelagert, blickte mich an, und langsam erlosch das Licht, nur das zersplitterte rote Lämpchen rechts markierte den Notausgang, und das weiße Loch in der Mitte wartete auf die Bühnenbeleuchtung; das Meer gähnte, rutschte hin und her, raschelte, schneuzte sich und begann schon hier und da zu klatschen, um zu signalisieren, daß es jetzt endlich losgehen müsse. Was soll ich ihm denn heute Tolles vorsetzen? *Alles wirst du mal leid, nur von dir hab ich immer zuwenig*, wie Iljuscha Chmelnizki sagte. Allerdings, Schauspieler können nie *zu viel* vom Publikum kriegen! Es hat doch immer nur das eine schreckliche, dunkle, monolithische Gesicht.

Die geduckte Sina weinte hinter mir wie ein Elch. Dicke Mädchen zischelten und trösteten sie, die Dünne. Mischa Archangelsk war ganz melancholisch geworden. »Wo ist Grischa Chárkow, Fima Kiew, Ljoscha Bakú, wo sind sie alle hin? Wo ist Mikado und Früchtchen?« dachte er in komisch übertriebenem jüdischen Tonfall traurig. »Und wo sind Regina und Shanna, diese Nikéjwess? Woher kommt denn diese ganze Geschlechtsunreife, mit der ich meinen kostbaren Sommer totschlagen soll?« Er betätschelte seinen Jeanshintern und ging unhörbar schlurfend zum Meer, dem seligen Sachár Issajewitsch Goldberg im weißen Strohhut und dem seligen Anatoli Maximowitsch Goldberg im abgerundeten »Spidola«-Radio entgegen. »Hast du schon gehört, Mischa, was mein Bruderherz wieder in die Welt gesetzt hat?« fragte Sachár Issajewitsch. – »War der denn schon wieder schwanger?«

Sachár Issajewitsch stellte den stotternden Anatoli Maximowitsch auf die Bank vor sich und drückte Archangelsk kräftig die Patschhand: »Als verdienter Conférencier der Republik möchte ich dir, Mischa, im Namen von Partei und Regierung meine Dankbarkeit aussprechen.« Archangelsk packte das »Spidola«-Radio am Plastikgriff, und plaudernd gingen sie über den Grat eines untergehenden Strahls Richtung Frauenstrand.

Der Frauenstrand hatte schon seit anderthalb Stunden Betriebsschluß, sofern man das Betrieb nennen will, und war bis zum Morgen von seiner Funktion als Naturschutzgebiet suspendiert; aber eine verspätete Vestalin, die einer aus kleiner werdenden Kreisen zusammengesetzten Pyramide glich, rubbelte sich verbissen die Breitseite mit einem zitterstraffen Handtuch. Als sie Mischa und die Goldbergs sah, knurrte sie *Kurrat*, und – mit Trippelschritten ihre umgekehrten (aber aus einem Stück gegossenen) Beinpyramiden bewegend – drehte sie ihnen (ohne eine Pause beim Abrubbeln einzulegen) die Quellwolken von Rücken und Hintern (mit den gelb und blau verschlungenen Arabesken) zu. Der kleine Engel in Wildlederhose, der hinter der Düne unter einer silbergrauen Woge hoher schmalstreifiger Gräser auf der Lauer lag, begann plötzlich zu zappeln und mit den Beinen zu rudern (seine Hände waren mit einem kantigen Perlmutt-Opernglas beschäftigt) und meldete, ohne sich umzudrehen, im Flüsterton: »Schura, schnell, schnell, die Tante hier hat eine Möse!« Der dünnhalsige Schura Schumann saß mit dem Rücken zum Meer und schaute mit ungemolkenen Augen auf die schon erleuchteten Fenster des Kursaals. Er wollte nicht gucken, er war älter und ließ sich alles entschieden mehr zu Herzen gehen. Aber dann legte er sich doch langsam auf den Rücken, drehte sich auf den Bauch, ruckte leicht mit dem Kopf, um den aschblonden Pony von den Brauen zu schütteln, und streckte sich nach dem Opernglas in den verkratzten kleinen Händen.

Im Kursaal sammelte man sich zum Tanz. Die Frauen kamen in Ringelfrisuren, schweren gemusterten Kleidern und mit festlich glitzernden Mündern. Die Männer gingen hinter ihnen her und schauten sich um. Die alte Tasja saß mit gespreizten Knien an einer Säule und paßte auf, daß sich niemand ohne Kurausweis einschlich. Regina, Shanna und der legendäre Grischa Charkow hatten das seinerzeit irgendwie geschafft, aber Iljuscha Chmelnizki doch nicht – den kannte die alte Tasja in- und auswendig, sie hatte ihn ja schon als freches Küken immer wieder im Kino erwischt (wenn er sich bei der nicht jugendfreien Vorstellung von *Tragische Geschichte der Liebe einer Prostituierten*, Produktion: Vereinigte Arabische Republik, aus dem stickigen Türvorhang pellte); und wie um alles in der Welt sollte es die Moskauer Dreistigkeit mit der von Charkow aufnehmen? –, so daß er erst gar keine Anstalten machte, sondern unentwegt auf dem Sportplatz Federball spielte, bis die sommerliche Dunkelheit einbrach und der Federball sich in einen undeutlichen sirrenden Strich über dem unsichtbaren Netz verwandelte. Dann wischte Iljuscha sich Gesicht und Achselhöhlen mit dem Hemd ab, zog es über seinen ausgepumpten, geschmeidigen Körper und ging – durch die Gebäude des Sanatoriums »Sõprus« oder über einen leeren Platz – zur Ecke Nõukogude-/Tamsaare-Straße, wo er sich mit der ganzen geschlechtsunreifen Bande traf, wenn diese ihn nicht schon selber auf dem Sportplatz abgeholt hatte, und wir gingen, uns vom Meer entfernend, die Nõukogude-Straße hinunter, und als erstes verloren wir die geduckte Sina, die hinter dem Sanatorium »Baltflot« in der Tamsaare-Straße wohnte, wo sie von ihrer verrückten Riesengroßmutter mit den Worten: »Na, du Miststück, noch später ging's wohl nicht« empfangen wurde, dabei wäre sie liebend gern später gekommen, aber wie hätte sie das anstellen sollen, sie, die *Ilse, Bilse, keiner will se*, wie Sergej Jewgenjewitsch Wolf sagen würde, allerdings sehr viel später und natürlich niemand ins Gesicht. Die Augen der geduckten Sina weinten immer, doch die dikken Mädchen trösteten sie nicht mehr, und da heiratete sie den Logenschließer des Zigeunertheaters »Romén«.

Vor der Karusselli-Straße trank Iljuscha Chmelnizki drei Gläser Sprudel mit Sirup für drei Kopeken und ich eins ohne Sirup für einmal mit der flachen Hand gegen die hallige Automaten-Stirn. Hier verabschiedeten wir uns – er ging mit den einen die Karusselli-Straße hinunter zu den Neubauten, ich mit den anderen weiter in die alte, dunkle, Ziegel und Linden atmende Stadt. Schatten für Schatten glitten die unsichtbaren Weggenossen und Weggefährtinnen fort zu den knarrenden baltischen Dachkammern, wo ein Glas Buttermilch aus der Plastikpackung und ein weiches gepachtetes Bett auf sie warteten. Das letzte Mädchen mußte ich begleiten; schweigend ging sie ein wenig voraus, die Arme von den Schmalfilmschultern bis zu den Breitwandhüften unbeweglich wie ein Pinguin; ihr flacher Oberkörper war vorgebeugt; unter einer der seltenen Straßen-Halbkugeln linsten ihre runden Augen besonders blöd nach mir – *und diese Besonderheit war entzückend.*

Doch bis hinunter ins Kreuz durchzuckte mich ein Blitzstrahl.

An der Metalltür zum estnischen japanischen Garten blieb das letzte Mädchen stehen und sah mich erwartungsvoll an. Ich machte einen Schritt. »Gib mir bloß keinen Kuß, mir wird übel«, sagte sie froh. Ich ging.

Und wie immer wurde der Ostsee die Glasbaracke des Restaurants mit den flachen, hüpfenden Gestalten vorgeführt und das Lied Linda-Linda aufgespielt.

Das Meer murrte, wogte zurück und ging seiner Wege.

Fünfte Leningrader Geschichte

Ich war ein der Unzucht ergebener Schüler. Meine Lehrerin hieß natürlich Larissa. Sie heißen alle Larissa oder Alla. Ich fuhr zu ihr nach Kuptschino mit dem 74er Autobus. Hinter der Seitenscheibe schnellten die nach unten sich weitenden Laternenhosenbeine zurück; dort liefen auch die Neonreklamen vorbei und die halb erloschenen Schaufenster der Geschäfte, die sich eben erst geleert hatten und deren Fußböden von den Putzfrauen gewischt wurden (welche, als Bildsequenz betrachtet, mit ihren blauen und braunen, hoch erhobenen Ameisenpopos einer vor dem unsichtbaren Pharao stehenden, endlosen ägyptischen Menschenschlange glichen), und die erleuchteten Fenster der Eisdielen, in denen traurige stämmige Mädchen mit bunten unscheinbaren Mützen saßen. Auch das Busfenster gegenüber spiegelte sich, mit den gebeugten und verkürzten Laternen, Schaufenstern und Lichtreklamen, die selbstverständlich selbst in der Gegenrichtung verständlich waren. Und zwischen den beiden Straßenseiten des immer seltener aufblitzenden Ligowski Prospekt hing unbeweglich mein durchsichtiges wildes Gesicht: große abstehende Haarbüschel, die schiefe Brille mit den beiden irrlichternden, durch den ganzen Bus kullernden gelben Lichtbällchen und die steife Kapuze der aufgeblähten *Schapirowka*. Dazu wären noch Blümchen gekommen, über die ich lange nachgedacht hatte, soll ich oder soll ich nicht. Einerseits ja, um meine Absichten kenntlich zu machen, andererseits ist es blöd, mit einem Gebinde anzukommen, wenn eine Bekanntschaft – selbst eine brüchige – seit dem zwölften Lebensjahr besteht und ich von ihren kräftigen dreizehnjährigen Füßen sogar einen Tritt hatte einstecken müssen – damals beim Heimatkundezirkel im Palast der Pioniere und Schüler, auf dem ägyptischen Ornament des wachsglänzenden Intarsien-Parketts.

»Ich wollte dir Blumen mitbringen, aber im Bus war so ein Gedränge, jetzt ist nur noch die Zellophanhülle übrig«, sagte ich bedauernd und präsentierte ihr das Resultat meiner Bemühung. Die großmütigen Laren sind nicht anspruchsvoll, was Opfergaben angeht – sie winkte ab und führte mich in ihr Stübchen, wobei sie sich ständig umdrehte und redete.

Eigentlich war ich als Brautwerber gekommen. Zizja hatte einen »BRIEF AN EINEN MANN« verfaßt, dessen Anfang lautete: »Lieber Thomas!...« Dieses Werk fand eine positive Aufnahme bei Prochor Samuilowitsch, einem von ebenmäßigem Bartwuchs umkränzten Mann, den man mit einer Sonnenblume hätte vergleichen können, wäre der Bartkranz der Sonnenblume nicht gelb, sondern aschgrau und hätte sie in der Mitte statt des suprematistischen Mosaiks *Schwarzer Kreis* ein kleines blasses Gesicht mit unsicheren Gauneraugen. »Dem haben Sie's aber gegeben«, sagte er zu Zizja und blickte zur Seite. »Wem?« – »Ist doch klar wem, wem denn sonst...« Zizja schwoll der Kamm vor Stolz, und er beschloß, sich von seiner Jungfräulichkeit zu trennen.

Ich saß auf dem quadratischen Bett, aß zum Tee ein Stück »Admiralitäts«-Kuchen (warum hatte ich nur den elterlichen Vogelbeerenlikör ausgeschlagen?) und sah Lara – der fröhlichen, hellhaarigen, pferdeschwänzigen Lara (die in ihrem hautnahen weinroten Rollkragenpullover und dem knielangen Wollrock unweigerlich zu philosophischen

Überlegungen verführte, daß es neben den Langbeinigen ja auch die Breithüftigen gibt) – dabei zu, wie sie in dem schlauchartigen Zimmer über Dielen mit Fischgrätenmuster langsam zwischen Tisch und Bett auf und ab ging. In ihrer jungen lebensfrohen Sprache verwechselte sie unentwegt »r« und »l«, verengte und verschliff die rundlippigen Vokale o und u zu einem einzigen ö-ähnlichen Laut und sprach über Blödsky, Blödsky, Blödsky ... Ein müder dikker Nachtfalter schlug mit seinen zu einer undeutlichen Halbkugel verschmelzenden Flügeln und kroch auf seinen Füßchen und Fühlern die Wand hoch.

Lara war müde vom Gehen und fing an, im Sitzen von Brodsky zu sprechen. Ich erinnerte mich an meine Pflicht Zizja gegenüber und legte ihr die Hand auf den Schenkel. Sie führte ihre Rede über Brodsky zu Ende und fragte: »Was hast du?« Ich ließ meinem armen Körper freien Lauf, ich rutschte auf sie und hielt mich mit der anderen Hand an ihrem breiten Knie fest. Hinter ihren fröhlichen Lippen fand ich keinerlei Defekt. »Spielen wir Doktor?« sagte ich und holte Atem. Lara lachte nicht.

Nackt bis zum Gürtel lag sie halb aufgerichtet, mit ihren frisch ausgeschlüpften rauhen Brustwarzen, die mächtigen Schultern hochgezogen und die Arme um meinen Rücken geschlungen, auf einem unter der Decke hervorgerutschten Kissen. Der Rockknopf schnitt ihr tief in den Bauch, ich bekam ihn nicht zu fassen. Ich näherte mich von unten der abschüssigen Leistengegend, die bis zur Hälfte mit etwas Rutschigem, unter dem Fingernagel Knisternden umspannt war, und zog am Gummiband. Sie legte ihre Hand über dem Rock mit Nachdruck auf meine: »Ich kann heute nicht.« – »Wieso?« fragte ich wie ein Idiot und fingerte an dem Nylon herum. »Ich kann nicht – verstehst du das denn nicht?« Ich ließ meine Hand langsam über die weichen Hüften herabgleiten und versteckte sie in den zusammengepreßten Kniekehlen.

Als Lara sich aufsetzte, hüpften ihre Brüste: zogen sich in die Länge, wurden kugelrund, kamen zur Ruhe. Sie schickte einen Seufzer irgendwo zur Seite und nach oben und murmelte nachdenklich entschlossen: »Das einzige, was ich tun kann...«

Sie löschte die Stehlampe, durch das Fenster fielen zukkende weiße Streifen und füllten das Zimmer. Es wurde doppelt still. Ich lag, auf die Ellbogen gestützt, den Hinterkopf an die Wand gelehnt, und schaute ängstlich in ihr flakkerndes, vergrößertes, ernstes Gesicht. Plötzlich riß sich der Falter über mir los und flatterte mit lautem Zirpen in alle Richtungen. Dann ließ er sich auf dem Fußboden nieder, und raschelnd wie Papier krabbelte er los.

Die konzentriert leuchtende Lara strich sich über die Ohren, beugte sich dämmernd vor und öffnete mit einem Handgriff meine Hose. Dann holte sie aus dem Schlitz, was sich längst darin ballte, und umschloß es mit den Lippen wie ein Pferd ein Stück gesalzenes Brot. Sie hielt es fest, bewegte die obere Haut mit dem Mund auf und ab und nahm dann die Hand zu Hilfe. Ich stemmte mich mit den Schulterblättern gegen die Wand und erwischte mit den Fingerspitzen ihre am Cordstoff meiner Knie schabenden Brustwarzen. Sie schüttelte unwillig den Kopf, ich lehnte mich wieder zurück.

Sie hielt mehrmals inne, um Luft zu holen. Kniete sich auf den Boden und legte sich in gekrümmter Position aufs Bett. Schaukelte über mir auf allen vieren wie ein großer dreiköpfiger Hund. Ich hielt sie am runden trockenen Nacken und den kleinen Ohren fest und lauschte in mich hinein. Da drehte sich stechend die Zeit. Dann wollte sie stehenbleiben, Lara dagegen legte einen zu. Immer kräftiger und häufiger bewegte sie Mund und Hand. Die Zeit blieb zitternd stehen. Dann wogte sie lange mächtig und schmerzhaft in die Gegenrichtung. Lara nahm Hand und Mund weg. Ich schrie leise auf. Ihre Hand kam zurück – ich schrie noch einmal auf. Irgend etwas an diesem Schrei wunderte die göttlich feinfühlige Lara, sie machte Licht. Ihre Handfläche war über und über weiß und rot; rote, schnell nachdunkelnde Flecken fanden sich auf der rosa Decke mit rosa Gaufrage. Es tat fast nicht mehr weh. Ich zog vorsichtig die Vorhaut zurück: da hing ein kurzer Fleischfaden. »Da ist irgendwas abgerissen«, sagte ich hüstelnd, holte einen Watteballen unter dem Kissen hervor und tupfte das Fädchen mit winzigen festen Wattebäuschen ab – ich konnte ja nicht gut durch das Zimmer mit Laras Tee trinkenden Eltern gehen, um ins Bad zu gelangen.

Zu Hause rief ich Zizja an und sagte: »Weißt du, Zizja, daß Frauen nach Sardinen riechen? Mir selber fällt es schwer, noch umzulernen, aber dir rate ich dringend: werd lieber schwul.« »Meinst du?« fragte Zizja etwas verdattert. »Da brauch ich erst mal Bedenkzeit.«

Dritte Moskauer Geschichte

Von den Tieren liebe ich am wenigsten die Airedale Terrier, von den Vögeln die Laubsänger und von den Insekten die Filzläuse.

Die Bäume liebe ich alle, besonders die Ölbäume aus fahlem, grünlich schimmerndem Zinn, wie sie von Zeit zu Zeit in geräumigen Karrees an den Jerusalemer Straßen stehen.

Kineschma ziehe ich allen anderen mir bekannten Städten vor, wegen des Katherina-Hangs und überhaupt wegen der Wolga.

Und die Frau, die mir die liebste ist, das ist die jüdische Frau Galja Goloborodko aus Simferópol.

Richtiger: war.

Bei Galja Goloborodko war alles durchscheinend, guckte vor, rutschte heraus aus ihren sich bauschenden, sich öffnenden, sich verselbständigenden Kleidungsstücken. Besonders imponierte mir der rechte Träger, der immer tiefer von der schmalen Schulter herunterrutschte (schrecklicher Verdacht: war sie eine Spur niedriger als ihr linkes Pendant?) und immer das obere rechte Viertel der knallrosa Bluse mit sich zog. Der nackte Busen von Galja Goloborodko erlaubt keine leichthändige Darstellung: Brüste wie diese werden heutzutage sicher überhaupt nicht mehr gemacht; sie waren, um es mit einem gewissen lyrischen Überschwang zu sagen, wie strahlende Zeppeline im Nebel. Die zylindrische kurze Brustwarze von Galja Goloborodko: braun, feingerunzelt, überraschend alt und schrecklich, habe ich nur einmal gesehen, werde sie aber nie vergessen. Weder die Brustwarze noch das eine Mal.

Das Rührendste an ihrem Gesicht war der klug-ironische

Ausdruck ihrer zusammengekniffenen graugrünen Augen (das graue war klug, das grüne ironisch), der dem reinen trockenen Atem ihres leicht geöffneten Mundes etwas Verwesendes, der leichten vielschichtigen Kleidung etwas Mumienhaftes und ihrer ganzen braungebrannten Frische etwas künstlich auf jung Getrimmtes verlieh.

An den Büschen beim Dekanat der Fernstudiengänge schaukelten hier und da noch die weißen, mit Sprengstaub gefüllten Kügelchen der Schneebeeren, durch die schwarzen Pfützen schwammen schwere kleine Blätter, der Boulevard begann unten schon mit Tabakkrümeln zuzuwachsen; es war Herbst. Aber Galja Goloborodko war nicht da und sollte nie, nie mehr wiederkehren: sie mußte in Simferópol bleiben.

Bald wird sich der Boulevardring in eine verrotzte Zimmerflucht von Krähengemeinschaftsnestern verwandeln und auf keinen grünen Zweig mehr kommen, dann schreiten Iljuscha Chmelnizki und ich eilig und schweigend den buckligen, gleißenden Roshdestwenski-Boulevard, den flachen, nicht flimmernden Zwetnoj- und den hohlen, im Dreiertakt zuckenden Twerskoj-Boulevard entlang, als trügen wir keine Schuhe, nur schwere, nasse Strümpfe, und der nasse dreieckige Mond wird hoch über uns stehen, regungslos, in einem unsichtbaren Krähenspalt...

Doch noch wußte ich das nicht, ich saß auf der Bank neben einem Schwarm roter Knie, erregten Ukrainerinnen, die eben erst offiziell als russische Dichterinnen aufgenommen worden waren. Übrigens schwer zu sagen, warum sie Galja Goloborodko nicht zugelassen hatten. Ihre Chancen waren gar nicht so schlecht, sogar im Vergleich mit dem fröhlichen, aus Kiew stammenden langen, krummknochigen Mobile, das, die winzigen Negerlippen ausdrucksvoll rundend, auch jetzt wieder – wie damals im Sommer – seinen Schaffensgefährtinnen beharrlich weismachte, der *Seminarleiter* (sie nannten ihn zärtlich Küken) schätze von allen lyrischen Posen die 69 am meisten. »Ich auch«, sagte ich schüchtern von der Nachbarbank, doch natürlich wimmelten sie mich ab: »Moment mal«, stieß eine wuchtige Mamsell namens Welykytscholowik mit prachtvollem Bauernhochmut hervor, »an die Liebe denken wir später, erstmal muß die *Einführung in die Sprachwissenschaft* bestanden werden.« Aber vielleicht hatte das Kiewer Bündel tanzender Säbel sie auch angelogen, und Küken bevorzugte in Wirklichkeit eine andere Stellung oder gar keine mehr, da Galja Goloborodko ja nun abgereist war (sie hatte wohl nicht schwer geschluckt, sondern in die Röhre geguckt), zurück in ihre Heimatstadt Simferópol, zu ihrem angetrauten Mann, Klassenkamerad und Fähnrich Goloborodko, der ihr nur einen einzigen Versuch des Aufstiegs in die große Literatur zubilligen wollte, und auch das nur, nachdem sie bluffend mit sofortiger Ehescheidung gedroht hatte. Im Unterschied zur hauptbusigen Madame Welykytscholowik, die achtzehn Mal anreiste, oder zum barhäuptigen Mobile, das beim vierten Mal durchgekommen war, hatte die barbusige Galja – wie sie einer angeblich zufälligen Duschnachbarin treuherzig anvertraute – nur diese einmal einzige Möglichkeit in ihrem Leben, aus der einengenden spießbürgerlichen Truppenatmosphäre auszubrechen, *wo die Schwiegermutter arg sie doch brachte in den Sarg*, um eine Zeile ihrer hundertsiebenundsechzig Verse umfassenden Volksballade »Gefangene Seele« anzuführen. Die wunderschöne russische Seele von Galja Goloborodko war einsperrt in einen schönen, aber einengenden jüdischen Leib, und der befand sich unter der wachsamen Aufsicht eines schmucken, aber allem Spirituellen abholden ukrainischen Burschen – dies war kurz gesagt der Konflikt dieses Werkes, das den *schöpferischen Wettbewerb* bestanden hatte.

Ja, aber jener Träger, jener Träger …

Im Grunde genommen hatte ich keinerlei Aussichten. Sosehr ich auch um sie herumscharwenzelte und mir die Augen ausguckte, ihr in der gläsernen Moskauer Hitze über den Puschkinplatz hinterherirrte, eine lesbische Bekannte vorschickte, die in der Dusche des Wohnheims ihren Körperbau ausspionieren sollte, sosehr ich Momente suchte, um mit meinem besten, eigens für diesen Zweck mitgeführten Bonmot zu glänzen: »… *Alles kann ich auf der Welt, wenn du bei mir bist, hei, Madl*«, trotz allem: Galja Goloborodko wurde nicht mein Heimadl. Sie liebte nur die russische Dichtung und ihren blonden ukrainischen Mann mit Muskeln wie Maiskolben, nicht dagegen mürrisch-geschwätzige jüdische Dramatiker mit verschmierter Brille.

Geschieht ihr recht, der Nutte, daß sie für den Aufsatz einen halben Punkt zuwenig gekriegt hat! Soll sie doch ihrem Fähnrich bis ans Ende der Zeiten blutigen Borschtsch mit Essig und Oliven servieren und bis an ihr Lebensende in das auseinandergelaufene Sahneweiß der Suppenaugen blicken!

Moskau war mit einem Schlag finster geworden, es fing an zu schütten, so stark, daß es aussah, als regne es nicht nach unten, sondern nach oben. Kükens Dichterinnen fluchten in chromatisch absteigender Tonleiter, seltsamerweise von Welykytscholowik bis hinab zu den Kiewer Baßlianen – und rannten, die Manuskripte in der Unterhose versteckt, auseinander. Die Bäume wurden im Handumdrehen stählern und waren dann ebenfalls verschwunden. Nur ich saß auf dem vom Regen vernebelten Hof. Aber das ist schon eine andere Moskauer Geschichte.

Das Wasser stieg mein Gesicht hoch und strich über die Haare an den Stirnecken, kroch unter die Lider und in die Nasenlöcher, floß in die Hosenbeine, die Ärmel, das Herz. Ich begriff, daß ich das alles nie wiedersehen sollte, und wartete.

Stschelykówoer Geschichte

Geduckt wie eine Ratte lief der Regisseur mit kurzen Schritten, die kleinen Füße in Netzschuhen, über die Lichtung. Er lief auf die untere Galerie des *Chalets* hinauf, in den beißenden, betörenden Geruch erwärmten frisch skalpierten Holzes, und rief einer Dame zu, die ihre gesprenkelten Schultern oben aus dem Fenster hängte: »Da kommen Männer mit Äxten, es wird ein Unglück geben!« – »Was?« fragte die Dame mißmutig, denn sie war nicht Literatur-, sondern Theaterwissenschaftlerin und hielt Zitate zudem grundsätzlich für absonderliche elektrische Insekten, die ungebeten in ein fremdes, viel zu geräumiges Hirn flattern, aus dem sie sich nicht verjagen lassen und wo sie wie in einem schmutzigen Kompottglas strampeln, zirpen und summen – bis zu ihrem Tod.

»Na, der tausendste Jahrestag der Christianisierung Rußlands!« erklärte der Regisseur und schob mit dem Daumen die weißen Strähnen aus seiner Nasenstirn. Als er auf dem fernen Rundweg den verdienten Schattentheaterkünstler Mischa Shwawy entdeckte, der aus der finnischen Sauna kam (sein polysphärischer Torso glänzte im frühen Sonnenuntergang wie ein borstiges goldenes Vlies, und der ratzekahle Kopf blitzte wie ein ausgebeulter Bronzehelm), klatschte er in die Hände und eilte ihm entgegen.

Der Regisseur war natürlich kein professioneller Kolporteur, zumindest nicht mehr als wir alle – aber Tausendjahrfeiern kommen nicht sehr häufig vor, und es juckte ihn in den Fingern, bei dieser Gelegenheit mal so richtig auf die Pauke zu hauen.

Mit einem Ruck zog ich den Vorhang zu, direkt vor der

Nase einer durch eben dies aufgebrachten, im Steilflug abgeschmetterten Hummel, setzte mich auf das ungemachte Bett und wartete auf die Dunkelheit. Die Sommertage verdichten sich hier zu einem einzigen Atemzug: wenn du aufwachst, holst du tief Luft, und dann wartest du den ganzen Tag auf die Nacht, um auszuatmen. Sobald die Dunkelheit, die den nachtblauen Himmel bis zum Morgengrauen aus sich heraus leuchten läßt, auf die spitzen schwarzen Schultern des herandrängenden Waldes fällt, kannst du mit dem Ausatmen beginnen.

Ausgerechnet vor der Pogromnacht war plötzlich Nebel aufgekommen. Der Wald ringsum stand tiefschwarz, dunkel violettschillernd blaute der Himmel, aber auf die Lichtung war ein flaches Stück feinfaserige schwabbelige Sülze geplumpst. Verdünnte Fettflecken, flimmerten oben die Laternen. Aus dem Geglibber stieß hin und wieder das Gekreisch der Schauspielerinnen, die in ihren vom Nebel gedämpften Kleidern langsam vorbeihuschten. Iljuscha Chmelnizki und seine Moskauer Frau hatten mir ja auf dem Jaroslawer Bahnhof gesagt, zum tausendsten Jahrestag der Christianisierung Rußlands werde es allunbedingt ein Pogrom im Gebiet von Kostromá geben. *Woher*, ja, wie es heißt, *das russische Land seinen Anfang nahm*. Ich hatte mir nicht die Mühe gemacht – es war auch zu spät dazu –, sie davon zu überzeugen, daß das russische Land nicht ganz da seinen Anfang genommen hat, sondern mich schläfrig ins Abteil geschleppt, wo mein zukünftiger sanfter Reisegefährte und Kollege, im Türkensitz auf der oberen Liege thronend, schon eine Flasche Kognak schwenkte. Der pechschwarze Dramatiker aus Bugulma, Buguruslan, Belebej und Busuluk glich einem sehr dünnen, sehr sehr schwerfälligen und sehr sehr sehr trinkenden Äffchen (»... das Tierchen trinkt...«). Sein Regisseur fummelte, Gesicht und Jackett lederknarrend, mit beiden Händen am Bart herum, während *meiner*, der bereits beschriebene, im Gang stand und lyrisch den Mond anglotzte, der unwiderruflich hinter dem abbiegenden Zug zurückblieb; seine Augen waren eigentlich zu klein für die untiefen, aber länglich-langen Augenhöhlen. So inszenierten sie denn auch: der eine mit den Händen, der andere mit den Augen.

Ich wachte merkwürdigerweise im frühen Morgengrauen auf, als die Vögel gerade erst begannen, maßvoll und artig mit unterschiedlich klingenden Kratzern ihre verschiedenmaßigen und verschiedenartigen Kelchgläschen blankzureiben. Im zerfließenden lila Himmel standen die kleinen russischen Sterne hier und da an den Rändern, nicht mehr leuchtend, aber auch noch nicht erloschen. Der nahe Wald rückte schon widerstrebend auseinander, bewahrte aber oben noch seine geschlossene Nadeldecke. Ich lag auf dem Rücken, das gestrige Bittersalz im Mund, und dachte darüber nach, daß die Schauspielerin Kasákinowa lieben so sein mußte, wie wenn man eine Ziege liebt. Die Schauspielerin Kasákinowa bestand ganz aus Ellbogen und Knie, wie Schiwa; doch von brahmanischer Geschmeidigkeit konnte bei ihr keine Rede sein. Zudem hatte ich den starken Verdacht, besagte Schauspielerin Kasákinowa habe womöglich, als die *Theaterintelligenz* in der Ankunftsnacht nackt und betrunken von dem Brettersteg ins Wasser sprang, meinen rührend unschuldigen, am entzweiten flaumigen Säckchen hängenden männlichen Geschlechtsschwanz gesehen. Ihr kleines, gewölbtes, fünfeckiges Gesicht funkelte in den Mondtropfen. Die kleinen runden Zähne im geöffneten Mund phosphoreszierten. Die kleinen Augen – bernsteingelb und nackt wie bei einem Hund – lachten erschöpft und frech. Die *Bühnenschaffenden* wateten in einer Reihe, wie Schnitter mit dem ganzen Körper hin- und herschwenkend, durch den fast unsichtbaren Fluß und zerteilten den Mond mit fahrigen Gesten in zwei kleinere, die, in Kreise eingeschlossen, durch eine schmale Welle in die Länge gezogen wurden. Der Mond konnte sich nicht halten und kehrte in sich selbst zurück, fünfeckig zuckend und schaukelnd mitten im Flußbad. Im Inneren des Mondes stand die Schauspielerin Kasákinowa und sagte heiser zu jemand über sich: »Na, hör mal, du Schwein, ihr seid doch alle gleich... Du Schwein, willst doch nur das eine! Na, bitte«, und riß sich das Wasser über der kleinen Hängebrust auf.

In meinem hier aufzuführenden Stück sollte die Schauspielerin Kasákinowa eine – Pardon – Gräfin spielen, genauer gesagt: drei Gräfinnen, und während der Proben, als sie langsam ihr schwarzes Tuch von den geraden schmalen Schultern zog, sah ich keine Schwierigkeiten, mit keiner der vier, sondern spürte nur ein wunderbares feines Brennen in der Magengrube. Aber sofort danach, wenn sie an mir vorbei auf das bemooste Fliegenfenster der Probepilzküche schaute und fragte: »Ob Sie vielleicht auf einen Tee bei uns vorbeikommen, Autor?...«, wußte ich mir vor Kummer keinen Rat... Schauspieler stammen ja nicht von Eva ab, und ihr von der Erbsünde nicht angekränkelter Spott kennt kein Erbarmen. Wie sollst du deinen rundlichen Leib mit all diesen Ellbogen, Augen, Zähnen und Knien in das schmale volkseigene Bett legen können? Ich fürchte mich vor ihnen.

Der Nebel stieg zu meinem Fenster hoch. Den Kopf in den Vorderpfoten vergraben, krochen fünfeckige Insekten über die erhabene Tapetenbotanik zur Wandlampe. Der Wald begann sacht zu dröhnen. Der von der Direktion des Erholungsheims gerufene Milizionär ging am Nebelrand auf und ab wie ein Pferd. Mischa Shwawy kam aus der finnischen Sauna; als Schatten seiner selbst fühlte er sich unbehaglich. Der tausendste Jahrestag der Christianisierung Rußlands war angebrochen. »Da kommen Männer mit Äxten«, feixte der Regisseur unter dem Fenster der Kritikasterin. Die Schauspielerin Kasákinowa, die mit ihrem roten kurzen Röckchen mitten in den aufgestörten Schwaden durchsichtig leuchtete, sang falsch: »Da fahr ich veilchenblau / so furchtbar bleich und grau / die dunkle Straße lang / ganz ohne Scheich.« Alles ringsum schlief ein, vergrub sich in den Händen, schmiegte seine Brustwarzen an, überzog sich mit Nebel, Mond und Nacht, und das Ausatmen hatte eigentlich schon begonnen.

Zweite Leningrader Geschichte

Der Regisseur Tschitschukowitsch inszenierte »Ödipus Rex« im zugenagelten Klub des Fuhrparks 19a. Als die vorsichtigen Lastwagen, beladen mit unvollständig abgenagter Paläontologie, gerade erst am Umleitungskanal zu rattern begannen; als sich über dem jenseits des Kanals liegenden Ligowski Prospekt gerade erst die emsig-schwere Leimsieder-Süße zu verdichten begann; als die Nacht, durch das Kreisen der (in diesen Breiten schlecht justierten) Himmelskugel zu schwach glasierten Löchern zerrieben, den unsichtbaren Mond gerade erst über den Rand der polygonen Erdtrommel zu stoßen begann, da zog der Regisseur Tschitschukowitsch, ein buckliger Zwerg mit dicken roten Haaren unter der Baskenmütze, aus einem der Bretter vor dem Fenster einen zuvor gelockerten, verbogenen Nagel mit geriffeltem Kopf und schlaff herabhängender Hutkrempe, und die Truppe kletterte, den Regisseursrücken durchwalkend, in den Proberaum. Als letztes hievten sie ihn selbst an den ausgestreckten Armen hoch, wobei er mit den demütig baumelnden Hufen die Wand schrammte, dann brachten sie das Brett von innen wieder an, ließen die stählernen Jalousienrippen herunter und manövrierten den Zaubernagel an der Angelschnur in das für ihn reservierte Löchlein. *Die Probe, meine Liebe*, begann.

Ich ging hier abends Fußball spielen. *Des alten Kadmos Kinder* – ein paar großnäsige Dichterinnen, ein ewig junger Photograph mit werweißwarum verwöhntem Gesicht, die finster begeisterte Frau des Regisseurs in Gestalt einer rundköpfigen Kindertheater-Hosenrolle sowie der energische Darsteller der Titelrolle, ein gebieterischer wildbärtiger Krieger, dafür berühmt, daß er einmal Bunins gesammelte Werke auf einen Rutsch aus der Vorstadtbibliothek geklaut hatte – sie alle waren schon von der ersten Szene so *gerädert*, daß sie häufig Verschnaufpausen und Abwechslung brauchten. Ich war für die Abwechslung zuständig.

Einen kleinen rot-blauen Ball vor den Füßen, wirbelte ich japsend durch den von der weißen Staatselektrizität surrenden Saal. Was kümmerten mich klangvoll kreischende Dichterinnen?! Durch ihre O-Beine paßt doch jeder Faschist! Was kümmern mich verzärtelte, hektisch umherrennende Photographen?! Na, die zermalme ich doch zu Scheißekrümeln! Und was kümmert mich der altgriechische Bunin-Verehrer, der sich als schallend lachende Wollmauer aufbaut?! Diesen Tolpatsch mit meinem Dribbling auszutricksen ist nicht schwieriger, als auf Daumen und Zeigefinger zu pinkeln!

Tschitschukowitsch, der mich wie ein Blinder mit väterlichem Wohlwollen betrachtete, kauerte in der Ecke auf einem kleinen Hocker: die gekreuzten Beine unter sich gezogen, saß er vornüber gebeugt und stützte sich mit den gespreizten rotbehaarten Fingern am Sitzrand ab. Dann klatschte er in die Hände und fiel zeitgleich mit dem Schrei: »Erste Szene, Freitreppe, Ödipus, Chor!« vom Hocker. Und *des alten Kadmos Kinder* krochen auf allen vieren in den Kreis in der Mitte des Saales.

Am Wolkow-Friedhof vorbei ging ich nach Hause. Die abgewetzte, fadenscheinige Nacht spannte sich, ein weitmaschiges Netz, über das undeutlich aufragende Gerippe des Glockenturms, über den blutarmen Schlund für die Armen im Geiste, über die kurze zerfasernde Wolle der schweratmenden niedrigen Baumkronen. Überall herrschte die Blindheit der Nacht, weshalb sie auch die *weiße* genannt wird.

Tschitschukowitschs Frau lag nackt auf dem Balkon, während wir beide in der Küche ein Stück über die Dekabristen schrieben. Er zupfte an seiner behaarten Unterlippe, behauchte mehrmals erregt seine Brille und zwinkerte mit den winziger werdenden Augen, lachte aus vollem rothaarig gekämmtem Hals und fragte immer wieder: »Verste-e-e-hst du?« Ich verstand.

Seine Frau kam vom Balkon, eingewickelt in das Wanderbanner des Fuhrparks 19a (knapp um die Hüfte ein runzliger, geknickter halber Lenin, der Rest verdeckt unter der gegenläufigen Stoffbahn; schwere goldene Quasten gegen die runden robusten Kniescheiben schlagend), strich sich mit großen russischen Händen übers Haar (das mit übermenschlicher Kraft von der fein gezeichneten Stirn nach hinten zum beringten Nackengrübchen gezogen war), neigte den Kopf zur Schulter (einer frisch-trocken-rötlichen mit kleinen Sommersprossen) und fragte: »Na, wollt ihr Tee, ihr Zwitscherchen?« Ich wollte.

Die Dichterin Burattynskaja, auf deren Krähengesicht die ehrlichen Augen Tag und Nacht durchsichtig blauten, rief an und wollte wissen, ob ich nicht sofort ins »Saigon« kommen könne – sie hätte etwas Wichtiges mit mir zu besprechen. Ich konnte nicht.

Die weiße Nacht erstreckt sich nicht auf die Neubaugebiete; zu klein ist sie, zu sehr an die löchrigen Türme, die beinlosen Parks, die trüben Flüsse und das dünne Meer gebunden – wie willst du ihre Decke herüberziehen? Deshalb schwollen die Tschitschukowitschschen Fenster zusehends von der Finsternis aus dem durchgeschnittenen Mond, und ich ging.

Die Datscha in Oserkí hing über dem grünen See – das hölzerne Viertel-Modell eines venezianischen Palazzo. In diesem Palazzo hatte eine *Hippie-Kommune* gehaust, in der einst der junge Tschitschukowitsch mit seiner vorvorigen Frau in einer süßen Glückswolke schwebte. Sie aber betrog ihn mit seiner besten Freundin – kurz: das alte, traurige Lied. Tschitschukowitsch feierte hier seinen Abschied. Er fuhr weg – nach Odessa, um im Puppentheater »Väterchen Frost« aufzuführen. »Wir brauchen also die zweite Szene nicht auswendig zu lernen?« flötete die Dichterin Burattynskaja am Telefon mit hörbarer Erleichterung. (... Sie mußten sowieso, seit ich ihnen die Armaturentafel mit einem besonders *deftigen Schuß* zerschmettert hatte, in völliger Dunkelheit proben. Tschitschukowitsch sagte, das erweitere das Energiefeld ungemein und lasse Yin und Yang die Plätze tauschen, doch auch er fühlte sich nicht recht wohl unter den stampfenden Schatten, in der lauten Finsternis, kaum erhellt von den kreuz und quer verlaufenden Ritzen.)

Am Gartentor kreiste ein flauschiger Polarhund um einen grauen markigen Knochen. Ich ergriff den rostigen Türhaken. Er trat auf den Knochen, schaute mich mißtrauisch an und wedelte kurz mit dem dicken Ringelschwanz. »Das ist doch ein Mensch! Beleidige den Menschen nicht! Laß den Menschen herein, du Sauhund!« brüllte der aus dem Mansardenfenster lehnende Verehrer nicht nur Bunins, wie nun klar war.

Tschitschukowitsch, der bezaubernde Zwerg, saß im Türkensitz zwischen Kerzen und Gläsern auf dem Tisch und sagte, er werde in Odessa aus einer Roßkastanie Puppen aller Darsteller des Fuhrpark-»Ödipus« schnitzen lassen, um mit ihnen »Väterchen Frost« zu inszenieren. Einige weinten. Er werde, wenn er *innerhalb des Systems* arbeite, doppelt soviel erreichen können. Einige lachten. Und nicht das Laientheater, wie er früher dachte, sondern Puppenspiel sei heute die einzige Hoffnung. »Ein braver Gockel kriecht gleich in zwei Ärsche«, sagte die Herrin der herrenlosen Datscha finster. »Ein Doppelgockel kriecht gleich in zwei Ärsche«, korrigierte der junge Photograph. »Ein braver, doppelter, gebratener Gockel kriecht gleich in zwei Ärsche«, resümierte Tschitschukowitsch und schüttelte sich vor kehligem Gelächter.

Traurig und betrunken legten wir uns schlafen. Vier Mücken brachten ein Dämmernetz und warfen es über die Schlafenden, auf daß es unten dunkel werde, auf daß es oben dunkel werde. Der chinesische Paradiesapfelbaum wandte sich mit all seinen Zöpfen vom Fenster ab und ließ in einer einzigen Salve eine Vielzahl kleiner schwarzer Äpfel auf die Freitreppe fallen – auch ein phosphorweißer war darunter, zerdrückt und angebissen. In der gogolschen Nase der Dichterin Burattynskaja flatterten Flügel. Der Photograph brabbelte etwas Ellenlanges und Beleidigtes in das hallende Löchlein der Gitarre am Kopfende. Tschitschukowitschs Frau drehte sich mit einer Bewegung ihres kurzen festen Körpers auf den Rücken und wechselte endgültig ins naive Fach. All ihre Lippen erwiesen sich zwei Jahre später (was unmöglich vorauszusagen war) als hart, dünn und unbeweglich, als wären sie mit Gewalt auf anatomisch unbekannte Lippenknorpel aufgespannt. Tschitschukowitsch, der künftige Feuerfresser aus Dzheskasgan, schlief, über dem Tisch in der Luft sitzend, und in seiner Brille sammelten sich die Phosphorsamen des Mondes.

Mit dem Dämmergespinst auf dem Gesicht ging ich zum ersten Zug. Zur Seite geneigt, schwamm die herrenlose

Datscha mir nach, durch den von fernen Laternen auf der oberen Landstraße gestreiften See. Hinter mir knackte es – ich schaute mich schnell um. Einen halbabgenagten Riesenfisch am glitzernden Kopf zerrend, flitzte der Hund von gestern wie eine Ratte über den Weg. Im schmalen Mansardenfenster flammte eine kleine Lampe auf.

Grjasowezer Geschichte

Als junger Soldat, der noch allerhand lernt, da trug ich die Uniform ganz wie ein Held – Allez-hopp, Amérique – Europe, haha! – da trug ich die Uniform ganz wie ein Held! Über Knüppeldämme führten sie uns mit einem Lied (einem anderen, das in dieses einmündete) drei Tage hintereinander zum Waschen, um die uns laut Vorschrift monatlich zustehenden drei Waschtage möglichst schnell abzuhaken und das Waschzelt, Zierde und Stolz der Division, liebevoll wieder einzupacken. Außerdem war der Knüppeldamm auch nach drei Tagen unter den gewaltigen Rädern der Zugmaschinen, die die langnäsigen hüpfenden Kanonen zum Schießplatz zogen, merklich abgesackt, und die Reservisten würden so bald wohl kaum einen neuen bauen... Leider partizipierte ich während des einen Monats nicht an allen Sakramenten des Heereslebens, denn meine Brille paßte nicht in die Gasmaske; zwar lief ich wie alle anderen, in den Gummianzug eingemummelt, die vier Kilometer bis zum Waschzelt über die runden, glitschigen, wegrutschenden Balken, doch – kopflos, entkorkt... – lernte ich sie eben nicht kennen, diese besondere Dunkelheit, Säure, Nässe, das elektrische Trommeln, die Abgeschiedenheit des Atmens, das Verschwinden der Zeit, all das, was den kalten und erstickenden Körper in diesem hermetischen Schlauch umgibt und bewegt. Zu Hause, in der stummen Finsternis der zum Sommer leer gewordenen Wohnung, hätte ich mir die Gasmaske durchaus übergestülpt, hätte in dem Glatzkopf geatmet, wäre marschiert und hätte gesungen – so blind bin ich nun doch wieder nicht, als daß ich nicht zwei oder drei Stunden ohne Brille dasitzen könnte, aber ich traute mich nicht, Militäreigentum zu stehlen, anders als der heroische Armenier Iwanow, der eine der Garnituren aus blassem Hartgummi, die er fürs Angeln würde brauchen können, abgezweigt und unter den Pritschen unseres Zwölfmannzelts versteckt hatte.

... In den grauen Dampf, der gleichmäßig im verwinkelten Waschzelt stand, mischte sich die Sonne, sie fiel durch die hochgeklappten Segeltuchplanen und flimmerte in langen, goldschimmernden Flecken. Die nackten Männer drehten sich unter den Duschzitzen langsam um sich selbst, Augen zusammengekniffen, Unterlippe vorgeschoben, und bearbeiteten verbissen in kreisenden Bewegungen oder überkreuz ihren Körper. Es war stickig und kalt. Hinterher lagen sie frisch gewaschen auf der Böschung wie Soldaten bei einer Bilderbuchrast und plauderten gemütlich.

»Kennst du den Kirgisen aus dem dritten Zug? Den von der Finanzfakultät? Weißt du, was der für eine Eichel hat?! So ein Kaventsmann! Da schnallst du ab! Der ist fünf Jahre jünger als ich und hat eine Rieseneichel, größer als meine! Ich frag ihn: woher hast du so eine Eichel? Sagt der: wir Kirgisen bumsen doch ab sieben mit den Schafen auf den Hochweiden. Da hab ich mich abgeregt, sonst wär's ja wirklich nicht einzusehen gewesen, wieso der so eine Rieseneichel hat, größer als meine, wo ich doch älter bin. Aber dann ist alles klar: die bumsen bei sich ab sieben mit den Schafen auf der Weide, und davon haben die dann eben so eine Rieseneichel ...«

Ich lag auf dem Rücken unter einer trockenen Rieseneiche und ließ langgezogene, in warmes Gold getauchte, verschwindende Kringel nach oben ins hohe Halbrund des Himmels steigen. Eine der Rauchranken wollte partout die breitrunzelige Rinde hochklettern, blieb aber stecken, wurde insistierend blau, gleichsam gefrierend – bis sie innehielt und gleichfalls verschwand. Das Ameisenmoos roch scharf und rein. Die schrundigen leprakranken Birken drängten sich in der Ferne und schüttelten ihre feinzittrigen langen Zweige. Irgendwelche Gracchen, Baumplebs, waren von Saatkrähen besetzt. Die alte Eiche dagegen, die schwärzeste und dickste der Umgebung, bewegte kein einziges Knöchelchen – durch ihre schwarzen, ellbogenreichen Äste, die dicht mit gewellten Blättern bespickt waren, schien der Himmel noch höher, blauer und leerer. Er schien umgekippt zu sein. Mir fiel Iljuscha Chmelnizki ein, der mir hier zu dem Lehrgang einen Brief geschickt hatte, in dem er schrieb, er sei fest entschlossen, die Maße seines Gliedes zu vergrößern. Er hatte sich nur noch nicht eindeutig auf eine Methode der Gliedmaximierung festgelegt: ob er es mit dem Öl der Asvagandha oder mit Öl, gewonnen aus Shabara-Wurzeln (oder doch lieber aus Yalashuka-Wurzeln), einreiben sollte? Oder einfach mit Butter aus euterwarmer Büffelmilch einschmieren? Oder vielleicht, so schwankte Iljuscha noch, Hastikharna- und Vajravalli-Fett verwenden? Auf diese Weise kann man Länge und Durchmesser binnen eines einzigen Monats spürbar vergrößern. Die anderen Methoden, so z. B. die Massage mit Khashaya-Salbe, erforderten sechs Monate oder mehr. Iljuscha Chmelnizki war kategorisch gegen solch langwierige Prozeduren. *Durchs Bumsen bin ich an Wundbrand erkrankt, da zögert der Arzt nicht, und weg ist der Schwanz – Allez-hopp, Amérique – Europe, haha! – da zögert der Arzt nicht, und weg ist der Schwanz!*

»Hör mal, hast du hier deine Morgenerektion? Bei mir ist hier morgens volle Pulle Hängematte, bei dem Kirgisen übrigens auch ...«

»Diese Flachwichser kippen uns doch Brom in den Tee,

wußtest du das nicht? – zwecks Vermeidung von Unzucht bei der Truppe.«

»Eben ... Lesbiereien und so ...«

Ach, den holzigen Tee mit dem Kastenbrot, dem nassen, heißen, grauen aus der Militärbäckerei, sollte ich fortan nicht mehr trinken. Brüderchen, trink nicht aus dem Brünnlein, sonst wirst du ein Reh ... Weder urbs noch orbis, weder Sommer- noch Wintermädchen würden dich verstehen; während die für die Übergangszeit, mit der du dich in drei Wochen abends um sechs auf dem Platz des Aufstandes verabredet hast, den toponymischen Humor nicht zu schätzen weiß, sondern nur bereitwillig aus unerklärlicher unvermuteter Freude ihre roten, langen, trockenen Lippen verziehen würde.

»Genosse Oberleutnant, da sitzen Sie hier wie ein Fichtenbastkäfer, saufen Wodka, fahren am Wochenende mit dem volkseigenen Panzer zu den Weibern nach Grjasowez ... – und wenn man Ihnen eins in die Eier gibt: pack die Sachen, ab nach Afghanistan – was dann?«

Der Leutnant rückte mit kindlicher Lässigkeit den breiten Lackschirm seiner grünen Mütze zurecht und klopfte mit einer Zweiggabel gegen seinen langen Stiefel: »Was dann? Das wäre doch gut. Dann kann ich wenigstens mal schießen ...« *Ich ging in den Laden und kaufte mir Wurst, da lag auf der Waage mein Schwanz und war kurz – Allezhopp, Amérique – Europe, haha! – da lag auf der Waage mein Schwanz und war kurz!*

»... steh ich auf der Galerie, kommt ein Mann auf mich zu, ein Jude vermutlich ... Na, dies und das, und dann fragt er: willst du Jeans? Na gut, sag ich, muß ich mir angucken. Mit seinem Lada sechs, Motor drei, fahren wir zu ihm nach Hause. Gießt der Kognak ein und sagt: ich schenk dir die

Jeans, willst du, wenn ich dir nur einmal einen blasen darf. So ein Schwachkopf...«

»Und?«

»Wie und? Schließlich kosten Jeans 150 Eier. Ich mußte ja nicht bei dem, sondern der bei mir...«

»Du bist doch ein Trampel, Aljoscha! So was erzählt man doch nicht!...«

»Wieso denn nicht?...«

Es war plötzlich dunkel geworden. So – oder ein bißchen dunkler – wird es bis zum Morgengrauen bleiben. Das ist der Norden. Die Kälte drang sogar durch die auf den Ameisenhügel gelegte Mütze hindurch in den rasierten Nacken. Ich setzte mich auf. Es sah aus, als würden die Feldthermen, die bis zum Platzen mit gelbgrünem Lichtdampf angefüllt waren, ins Schwanken geraten, sich von der ausgetrampelten dunkelnebligen Lichtung losreißen und unerwartet leicht zum Mond emporschaukeln, der über dem unendlichen Wald als blasser Ring blinkte. Die Birken in der Ferne hatten – wie sich im Halbdunkel herausstellte – schon ein geschlossenes, zotteliges Heer gebildet und waren verstummt, nur ihre weißen Bastschuhe schimmerten; die Eiche dagegen hatte noch mehr Schwärze und Würde angehäuft und fing an, aus dem ganzen hohlen Mark wie ein Kommandeur tief und heiser zu dröhnen. Der aserbaidschanische Gruppenführer, ein Muezzin der Reserveinfanterie, lief zwischen den Bülten hin und her und schrie fragend: *Aaantreten*? Ich klopfte mir die von Ameisen und Eichelschalen übersäte Mütze am niedrigen Schaft des glanzlosen steifen Stiefels aus und stand langsam auf.

Siebte Leningrader Geschichte

Als die Renaissance der russischen Orthodoxie anbrach, saß ich geduckt auf dem niedrigen kalten Fensterbrett des »Saigon« und rauchte heimlich eine *ovale* Zigarette, die ich in den gelben runzligen Ring aus Daumen und Zeigefinger geklemmt hatte und leicht (um die knöcherne Asche abzuschütteln) mit der Tripelflöte aus Mittel-, Ring- und kleinem Finger abklopfte. In geschlängelten und sich auseinanderzwirbelnden Fäden drang der Rauch durch die aufgeknöpfte Kleidung der dicht gedrängt um ein hohes Tischchen Stehenden und durch ihre großen Hände mit den vom Schnee gereizten Fingern; er kreiste gelassen in leeren Gläsern und Tassen; stieg versprengt über den von den Mützen zerzausten Köpfen auf.

»Was möchtest du?« fragte Zizja, ohne vor lauter Volk den Menschen zu sehen. Der Mensch aber konnte (so er wollte) Zizja sehen – klein und doppelt: 1) im Spiegel, der mit seinen vertikalen Flächen die ganze Länge der Querwand einnahm, und 2) hinter sich, in einer Ecke des schwarzen, tropfenglitzernden, in regelmäßigen Abständen von der scheppernden, funkelnden Straßenbahn durchfahrenen Fensters. »Einen kleinen doppelten Espresso und was zum Fasten«, antwortete ein kratziöses Fräulein, knöpfte den Mantel auf und ließ kurzsichtig in Zizjas straffe Hand (die ohne geheime Laster verratende Linien war) eine schüttere Schneeflocke und zwei nasse Fünfzehnkopekenstücke fallen. Und da begriff ich, daß die Renaissance der russischen Orthodoxie angebrochen war. Eigentlich hatte ich das fast schon begriffen, als Mila Meloblinskaja die elektrischen Stimmen erschienen waren und ihr säuselnd bedeutet hatten, *Mila, ehre dein Schicksal* oder *Mila, wehre deinem Schicksal.* Denn Mila konnte damals kaum den nächsten Morgen erwarten: sobald es dämmerte, bedeckte sie ihren großnasigen Puttenkopf mit einem silbernen Tüchlein und lief, über den hier und da mit dunklem Schnee bestreuten Großen Prospekt der Petrograder Seite stöckelnd, zur Fürst-Wolodimer-Kathedrale. Das ganze Zimmer habe sich mit einem so feinen inneren Leuchten und einem Zirpen wie von Zikaden gefüllt, sagte sie, und ich war so erschrocken, so erschrocken, daß ich nicht verstanden habe, soll ich mich nun wehren oder fügen? Das hat schließlich unübersehbare Konsequenzen für mein weiteres Leben, oder? Was raten Sie mir, Vater Alexander, soll ich mich wehren oder mich fügen? Der Priester – schläfrig, kegelförmig, alt, mit knisterndem borstigen Bart und steifen, stumpfen, matschbespritzten Schuhen, die unter dem ausgefransten Rand der Soutane hervorguckten – drückte und drehte den mattsilbernen Griff des Brustkreuzes zwischen seinen Riesenhänden und bemerkte verständig, Engel, Gerechte und Heilige, vom Herrgott selbst ganz zu schweigen, zeigten sich nur sehr guten und gerechten Menschen. So daß sich folglich bei dir, meine Tochter, weiß Gott was für subalterne Teufelchen eingeschlichen haben müssen, und was sie dir auch erzählen mögen, es bedeutet nichts und kann auch nichts bedeuten. Mila war froh, daß sie wieder bei Trost war, doch zurück blieb das vage Gefühl, beleidigt worden zu sein – so etwas wie ein leichtes Zwicken in der prickelnden Nase.

Zizja ging zu der langen Theke mit den vier Menschenschweifen an den summenden und zischenden Kaffeemaschinen und hatte mich immer noch nicht unter dem Tisch entdeckt – hinter den schwarzschultrigen Männern, die mit ihren Tassen an den sprechenden Mündern dastanden. Das

Fräulein wartete eifrig, indem es den Kopf hin- und herdrehte und das dreckige Geschirr auf dem von ihm eroberten Tischhalbmond zusammen- und umstellte. Die naive Nase zuckte (sah ich im Wandspiegel), während sie sich an den undefinierbaren Unwohlgeruch meiner ovalen Zigarette gewöhnte. Und da kam Zizja auch schon zurück, er hatte (sah ich in der schwarzen Scheibe) in einer der Schlangen einen vorgerückten Bekannten erspäht und dessen Münzen um sein unverschämtes Silber bereichert. »... Ich war heute bei Vater Alexander, er ist ja sooooo süß ...«, erzählte das Fräulein und fuhr unablässig fort, die schiefen Geschirrtürme von Babel umzustellen: »Ich habe gefragt, ob Fahrradfahren Sünde ist.« »Und?« erkundigte sich Zizja. »Er hat endlos lange nachgedacht und schließlich gesagt, auf einem Damenfahrrad nicht.« »Ich habe aber kein Damenfahrrad«, sagte Zizja erschrocken.

Ich ging hinter ihnen den Wladimirski hinunter, den dunkelsten, verschneitesten und kürzesten aller Prospekte. Vorne flackerte der Platz mit seinen Ampeln; auf der Glokkenturm-Straße traten die schmalen Zwischenräume zwischen den Rippen des weißlich schimmernden Glockenturms schwarz hervor. Der Schnee stand an den wenigen Laternen in gelben schiefen Dreiecken, nur am Theater des Lensowjet bildete er einen geschuppten Halbkreis. Der lichtschwarze Himmel leuchtete gleichmäßig und lichtlos in sich hinein. Das tat ihm vermutlich weh wie einem, dem die Haare nach innen wachsen. Nein, ich spionierte Zizja nicht hinterher, ich war nicht eifersüchtig auf sein Fräulein, obwohl ich ihr früher einmal, vor der Renaissance – das hatte sich so ergeben – die tränenbeschlagene breite Brille von der kleinen rauhen Nase gezogen und die kurzen Beine mit den Rillenspuren der Wollstrumpfhose und das gewölbte weiße

Bäuchlein geküßt hatte; – nein, wir hatten jetzt einfach denselben Weg: geradeaus und nach links.

Ein kleiner Mann, der wie ein Vietnamese aussah, doch mit Spinnwebhaar und wulstigem Wollschnurrbart, stand im Flur der Kellerwohnung, streckte seine klebrige Hand aus dem Mantel und wiederholte eintönig: »Darf ich vorstellen, meine Gattin ... darf ich vorstellen, meine Gattin ...« Die Gattin hinter ihm verzog sympathisch den Mund und nickte leerwangig. An dem Mann mit Gattin in dem engen Flur vorbeizukommen war auch für mich nicht leicht, was soll man da erst von Prochor Samuilowitsch sagen, den gleich drei Damen in grünen Mänteln begleiteten. Je kleiner die Dame, desto größer die Brille und desto grüner der Mantel, indes Prochor Samuilowitsch sich zur Eröffnung der Saison seine alljährliche Tonsur hatte schneiden lassen und aussah wie Lenin als Schlosser, mit Schirmmütze und dicker Backe. Und ausgerechnet hier brach nun die Renaissance der Literatur an. Zizja und das Mädchen waren schon da. Ich saß direkt hinter ihnen und sah ihre einander zugeneigten, haargenau gleich ausgedünnten Nacken und die sich über den Schläfen ringelnden Locken, die sich auf gleicher Höhe vereinten. Die Kronleuchter funkelten. Auf die niedrige Bühne trat eine Frau in geblümtem Faltenrock, die ein in Alufolie gewickeltes Gedicht wie ein gebratenes Huhn vor sich her trug. Neben mir blinzelte ein alter Mann mit einem langen, zweihöckerigen Schädel, der kannte Heine wie sonst keiner. Sein Name war Legion. Legion Matwejewitsch oder so ähnlich. »Sergej Jewgenjewitsch! Wenn Sie nicht aufhören, muß ich mich woanders hinsetzen!« zischte es glücklich-empört von hinten rechts. Der Mann mit Gattin wartete am Flügel auf seinen Auftritt. Die Gattin saß übrigens in der ersten Reihe und nickte ihm mit glänzenden Wangen zu. In der letzten Reihe klirrte Wein. Alles lief blendend.

Im niedrigen gesprenkelten Himmel über dem Berg tauchte der Mond schnell auf und ab. Gleißend grell an den Bruchstellen des Wolkenpanzers, verschwand er unter den heranflutenden Panzerbrechern und versteckte seine verwundbaren Gelenke unter einem irisierenden Schatten. Doch das war elf Jahre später und bei weitem nicht hier. Zizja und das Mädchen waren auch nicht da – sie hatten sich als gewöhnliche Schneeflöckchen erwiesen und waren mit dem Frühling geschmolzen. Der Mann mit Gattin aber geistert noch herum; mit Draht am Besenstiel festgebunden, bläst er im Gemüsegarten der Selenogorsker Datscha seine Jackettkiemen auf. Aber kein Schwein kennt mehr Heine wie sonst keiner. Und Prochor Samuilowitsch, seiner drei grünen Damen (Mittel-, Ring- und kleiner Finger) beraubt, läßt bei jedem Luftzug taube Sonnenblumenkerne aus seinem unrasierten Gesicht fallen. Und Meloblinskajas Mila, die mich ficken wollte, während sie zynisch eine gebratene Pirogge kaute – um sich auf diese delikate Weise für irgendwelche Jungfernkränkungen zu rächen –, züchtet Kühe in Arizona. Und der kleine doppelte Espresso ohne Zucker, den ich im »Saigon« auf der niedrigen, kalten Fensterbank umgekippt hatte, ist längst in den weißlichen Stein eingezogen und hat auf der Oberfläche nur eine kaum sichtbare Rötung hinterlassen, die einem schiefen Kreuz mit ungleichen Flügeln ähnelt.

New Yorker Geschichte

Es gibt nichts Schrecklicheres auf der Welt als das System der amerikanischen WCs. Bis zur halben Höhe des monumentalen Topfes steht unerschütterlich das kristallklare Wasser, und wenn sich die Zitronenwölkchen des klaren Manhattener Urins darin zu belauben und zu entfalten beginnen, fühlt sich der Fremde nicht ohne Schreck wie ein junger Chemiker. (*Ein Chemiker sitzt auf der Bank, bumst drei Kopeken mit dem Schwanz ...*) Warum trauen die Amerikaner nur dem Abfluß nicht? Den Besitzern der echten, wilden, gigantischen Niagarafälle kommt wohl jeder künstliche, häusliche, winzige lediglich wie eine obszöne Parodie vor. Angenommen, hier ist der dem amerikanischen Bewußtsein eigene romantische Ästhetizismus am Werk, aber es gibt doch auch noch die Ethik (nicht wahr, Waldo?): das eine ist, einen verstoßenen, doch unbezweifelbaren Teil seiner selbst mit siebenschwänziger Wasserpeitsche in die unterirdischen Abgründe zu jagen; etwas ganz anderes aber, unter Zuhilfenahme eines hinterlistig untergründigen Schlundes, eines sich gierig fortschraubenden Strudels etwas Neuerschaffenes, etwas von dir Gesondertes, eine Substanz, die bereits autonom im Klobecken existierte, zu vernichten. Das riecht nach Zerstörung von Materie, obwohl es mit Sicherheit erfunden wurde, damit es gerade nicht riecht.

Ich seufzte bitter, wie jedermann, der seine Hose zuknöpft, warf einen Abschiedsblick in die dickwandige, sich mit frischem Wasser füllende Vase und ging.

Auf dem flachen Dach der Pension war es schon fast dunkel, doch ringsum schillerte in den langen schrägstehenden, zugespitzten und spiegelschwarzen Streifen gelblich der Sonnenuntergang. Ich kam mir vor wie auf dem Grund eines eisernen, längsgestreiften Glases. Der warmherzige, gelockte Tschuktsche (dem in den verflossenen elf Jahren ein kurzer asymmetrischer Bart nebst angeklebtem aufrichtig finsteren Lächeln gewachsen war) wippte – das auf die Nasenspitze zulaufende Gesicht abgewandt – mit seiner altrömischen Sandale gegen den Takt und sang heiser das Lied *Ach, wär mir nicht verschlossen der Weg zu dir, Marseille*. Bei *Marseille* trat ich ein. Gegenüber, in der 44. Straße, im obersten Stock einer katholischen Schule, klatschte ein Dutzend kleiner versengter Händchen ineinander. Aus den Fenstern des Schlafsaals feixten und pfiffen schwarze Mädchen in weißen Kleidchen. »Come here ... come on ...«, sagte ich leise und harkte mir das Dunkel dichter an die Brille.

Jenny Katzenelson, Vereinigte Staturen von Amerika, eine Riesin mit üppigen schwarzen Büscheln unter den Achseln, schüttelte vorwurfsvoll ihren gewaltigen Augenkopf. Im Korbstuhl hinter dem mit Wodka und Coca-Cola beladenen dreibeinigen Tischchen döste der wache Zigeunerdramatiker aus Bugulma, Buguruslan, Belebej und Busuluk; plötzlich zuckte er zusammen, knallte mit seinem Pferdekinn gegen das hagere Schlüsselbein und schrie krächzend: »Was für einen Grund haben denn die Neger hier noch, sich schwarz zu ärgern?«

»What has he said?« fragte ein Unsichtbarer aus einer fernen Ecke das Daches.

»He is protesting against a racial discrimination«, antwortete ich.

»Fine«, befand jemand und nickte resolut.

Jenny Katzenelson, die im Innersten ihres Herzens sehr wohl Russisch verstand, schüttelte noch vorwurfsvoller den

Kopf... *Bumst drei Kopeken mit dem Schwanz, daß der daraus drei Rubel prägt...*, sang der Tschuktsche und plusterte sich unternehmungslustig auf.

»Ich geh anrufen«, sagte ich zu niemand.

Die Freundin von Zizjas Tante Murra wartete an der Ecke in einem leeren italienischen Imbiß auf mich. Blaues Militärkleid mit unzähligen Taschen, Schulterstücken und Schnallen und darüber das noch nicht alte, schöne Äffchengesicht. Sie nippte an einem Glas Mineralwasser und blickte immer wieder nervös zum Fenster: auf den weißen Fleck einer an der Scheibe plattgedrückten schwarzen Nase und (dicht darüber) zwei zwinkernde gewölbte Ringe mit runden Funken in der Mitte.

»Wie geht es Murrotschka, ist sie wohlauf?« fragte sie und drehte einen Briefumschlag fahrig zwischen den Fingern, als hätte sie vergessen, wo man ihn aufreißt, obwohl man ihn doch gar nicht aufzureißen brauchte.

»Sie ist sehr krank«, und eingedenk der erhaltenen Instruktionen kam knallhart: »Besonders ihr Neffe.«

»Und Sie, wollen Sie sich auch in Amerika niederlassen?«

»Nein, nein, wie kommen Sie darauf, ich kann hier absolut nicht leben, ich habe einen Horror vor dem System der amerikanischen WCs.«

Tante Murras Freundin hatte sich an ihrem Sprudel verschluckt und mußte husten. Ich klopfte ihr liebevoll auf den straff gespannten Tussahseiden-Rücken.

Die raschelnde Ventilatorpflanze drehte sich auf dem Schrank hin und her, und reglos lag der ausgestreckte Körper von Tante Murras Freundin diagonal auf dem quadratischen Sofa. Und wieder lachte ihr betrunkenes Gesicht, als hätte es sich von ihrem strammen, glatten Körper gelöst und gehörte jemand anderem. Alle Frauen haben, wenn man sich in der Dunkelheit über sie beugt, das gleiche Gesicht: tief geöffnete glänzende Augen und Münder. Auch ihres hatte eben noch so ausgesehen und würde in zehn Minuten wieder so aussehen, doch jetzt war es dunkel auf dem vom Kopfkissen geknickten Haar (nur die Stirn hatte sich im Fensterstreifen schmal und schräg gelichtet), kurznasig, ruhig – erschreckend.

Im Flur wurde mit Türen geschlagen und getrampelt. Undeutlich und dumpf drängte sich eine rauhe Stimme grölend in den Vordergrund, untermalt mit einem klirrenden Saitenakkord. »Was ist da los?!« Mit einem kräftigen und leichten Ruck setzte sich Tante Murras Freundin auf.

»Daß der daraus drei Rubel prägt. Er hat sich nur den Arsch verrenkt«, und meine Erklärung: »Oben auf dem Dach findet ein Freundschaftsfest statt und unter dem Dach eine Liebesnacht.« Sie lachte tief auf.

Gleichsam als Antwort wurde hinter der Wand schallend gelacht, amerikanisch: in glücklich einvernehmlichem Chor. »It's good, isn't it.« Offensichtlich blieb den chemischen Couplets der Große Amerikanische Erfolg nicht versagt. Ich führte ihre dürre, geschliffene Hand mit den zwei harten Ringen an meine Eier.

Wer versteht, ermißt, was für ein Glück! Im Herzen der schlimmsten Julihitze mit Händen und Mund den kühlen, kunstvollen Körper drehen, dessen immer dünner werdender und sich verengender Kopf abgeschnitten auf dem Kissen liegt – selbst wenn er nach süßem und wurmigem chinesischen Wodka riecht und aus dem untersten Grund der Gurgelwindungen etwas murmelt wie *Ade, du Land, das mich von sich verjagt / ade, ich bin dir drob nicht böse / dein Bild in meiner Seele táta ragt / ich gehe fort und such Erlö-*

sung. // Ich liebte dich, mein teures Hab und Gut / Du, Heimat, hast mich weggestoßen / Ich gehe fort tatáta ohne Mut / doch drückst du mich erbarmungsloser // Als ein zu enger Schuh, der mir zu klein ist ..., – selbst wenn Er schon fast nicht mehr hochkommt, sondern nur süß und wurmig sich windet.

Das flinke Insektengesicht des Ventilators wanderte langsam mit seinem prächtigen Ringelauge durch das Zimmer. Tante Murras Freundin warf ihm einen nervösen Blick zu, knöpfte sich besorgt ihre Täschchen, Schulterstücke und Schnallen zu und strich mir ab und an haßerfüllt die Wade hinauf.

Aus irgendeinem Grund begleitete ich sie barfuß durch die beiden Stockwerke des still gewordenen Hauses und öffnete alle Schlösser und Ketten lautlos vor ihr. Sie schrie: »Taxi! Taxi!«, und rannte, mit ihrer Handtasche winkend, quer über die Straße.

Auf dem Dach, unter unbekannten Sternen und noch immer demselben Mond, schüttelte Jenny Katzenelson vorwurfsvoll den Kopf. *Chemiker, Chemiker, die Eichel tut's immer weniger!* beendete der Tschuktsche, der aus der Puste gekommen war, seinen Gesang und stopfte sich die Gitarre mit einem resolut widerhallenden Klopfen zwischen die Knie. Überraschend richtete sich der Zigeunerdramatiker im Sessel auf, öffnete seine klaren schwarzen Augen und sagte gemessen-überzeugt: »Die Kasachen sind ruhig wie Scheiße.« Jenny Katzenelson lachte auf.

Vierte Moskauer Geschichte

Mein Augenlicht begann schon trüb zu werden, und der gelb-rot-schwarze Herbst verschwamm zu einer ringförmigen Bastbürste, die aussah wie mit Blutschaum eingeseift. »Munterkeits«-Tee und »Jubiläums«-Kekse im Bauch, fuhr ich mit der halb ausgestorbenen Ringlinie von der Belorusskaja zur Nowoslobodskaja und nahm dort den 17er Trolleybus (glaub ich), der überquoll von kleinen zweizähnigen Vietnamesen. Ich hatte Angst, in dem dämmrigen luft-, aber nicht geruchlosen (herb körperlichen) Schwebezustand versehentlich mit ihnen in Berührung zu kommen, denn es war bekannt, daß die Vietnamesen einen über Händedruck und Atem blitzschnell mit entsetzlichen vietnamesischen Bandwürmern anstecken konnten. Diese vietnamesischen Bandwürmer sind imstande, einen Nichtvietnamesen unmerklich von innen auszuhöhlen und nach vollbrachtem Werk den weißen, aufgedunsenen, augenlosen Kopf, der einem zugenähten knöchellangen Unterhosenbein aus blassem Soldatennessel gleicht, aus dem Mund ihres Wirtes zu strekken. Mit angezogenen Beinen und freundlich schräg nach oben blickend, als freuten sie sich auf das Öffnen eines Fallschirms, bereiteten die metallisch schrill einander zutschilpenden Vietnamesen in ihren kurzen Plastikjacken den Absprung aus dem schnaufenden, zur Seite schwankenden Trolleybus vor. Sie waren bei ihrem Wohnheim angekommen, über dessen sämtliche Fenster saure Birkengalle ausgegossen war, und ich – an der übernächsten Haltestelle – bei meinem. Auch ich sprang ab, verließ mich aber lieber nicht auf einen Fallschirm, sondern setzte den Fuß fest auf den mit Laubfetzen beklebten, dampfenden, schwarz irisierenden Asphalt. »Warum denn unbedingt in diesem glitschigen Melonenschuppen, und dann auch noch im Regen? Hab ich mich etwa geweigert, auf der Bank, vis-à-vis vom Haus der Komponisten, als goldbehängte alte Damen mit Papirossas am Hauptportal vorbeigingen und hinter den offenen Fenstern der Beletage, die im gewölbten Glanz erzitterten, irgendwas auf Blech gesägt und geschlagen wurde, und sie hüpfte auf meinen Knien, halb abgewandt, mal auf die eine, mal auf die andere Pobacke gestützt, jonglierte mit ihren schweren Brüsten unter der verschwitzten Gaze und lachte mir ins Gesicht. Ich hatte gar nichts gegen die Bank, ganz im Gegenteil, ich hab gewagt und gewonnen, Gott sei Dank, und ich weiß noch, wie sie gutmütig sagte: Na, bist du nun zufrieden? Du hast ein Mädchen auf einer Bank gevögelt – zufrieden? Doch, das war ich!

... Und auf jedem Absatz fast jeder beliebigen Hintertreppe hätte ich sie liebend gern am Rundsockel ihres Nackens gepackt und die große russische Knubbelnase unter meinen sanft erschauernden Nabel gestubst – mochten die gesprungenen Lippen und die leichte trokkene Zunge dort nach Herzenslust herumspazieren! Aber doch nicht in diesem gittergrünen Melonenverschlag, aneinandergepreßt wie Meerschweinchen in einem lange nicht von den Pionieren geputzten Käfig, auf den Fliegenfellen und Wespenschalen des Herbstes!

... Doch auch nicht in einem armseligen Bett, voll grauen, glänzenden Haargeringels aus dem im Fenster liegenden Kopfkissen, nicht zur Musik der parodistischen Klopfzeichen des fauligen Weckers; – mit einem von Taubheit geschlagenen Kreuz, mit dem ironischen Ausdruck verdrehter und träg erhobener Knie, mit Apothe-

ker-Geruch verschleppter Jungfernschaft war ich ebenfalls auf keinen Fall einverstanden; und nach einer derartigen Verarschung, weißt du, siehst selbst du nicht mehr aus wie das Meer, sondern wie eine Nutte.«

Die Schriftsteller im Fernstudium mit ihren Pluderhosen bildeten in der schwarzen, von einer Laterne draußen durchpflügten Küche einen Kreis und hielten verbeulte Töpfe mit schaumigem Kakerlakengebräu in den ausgestreckten Händen. Blablablablabla... Sie waren wie eine betagte fleischfressende Pflanze, die sich, um zu verdauen, schon halb geschlossen hat und unten noch hart und angriffslustig, an den Enden der verdrehten Blütenblätter aber blutarm und entkräftet ist. Als sie im Flur meine Preßluftschritte hörten, verstummten die Pluderhosen, richteten sich verdauend auf und fegten mit dem unrasierten Auge den Fußboden, bis ich vorbeigegangen war. Als ich dann vorbei war, redeten sie auf einmal alle wieder in dieselbe Richtung, in die verdrückte, entrückte Mitte ihres Kreises und Eises, auf das abgetretene Schachmuster im Inneren der Jagdknospe, in das graue, rohe Fleisch der Dämmerung; sie redeten mit diesem ihrem immerwährenden, gleichzeitigen, einig-flachen, vielfach gebrochenen Baß. Jeden Abend kamen sie sich näher, spärlich behaarte Männer mit ungleichmäßig schlaffen Hängegesichtern, und ratterten das Wort *Schicksalsträchtigkeit* in irrem Tempo rauf und runter, bis ihr Gebräu fertig war und abkühlte. Ich störte ungern, mußte aber irgendwie pinkeln. So zog ich die eigens aus Leningrad mitgebrachten Gummischuhe mit den roten runden Spitzen (mein seliger Großvater hatte sie 1927 als Prämie für die Organisation jüdischer Laienkunst in der Krim-Kolchose Rotndorf bekommen) über die nackten Füße und schritt, mich mit einem klangvollen Schmatzlaut vom

Linoleum abstoßend, streck- und spreizfüßig – wie ein Schlittschuhläufer – an der unumgänglichen Küche vorbei zum unabwendbaren Klo. Dort, am lichtlosesten Ende des Flurs, an der Klotür mit der abblätternden Farbe, lag auf dem Brett unter dem Querfenster der Dichter Abdurachman Rosenöher aus Ufa und wartete, vom Mond schlitzäugig beschienen, wann seine Zimmerkumpanen endlich die gelte Mordwinin Alissa abgefrischtikt hätten. Trotz der Überredungskünste der ganzen Etage ließ Alissa ihn, den Ärmsten, kategorisch nicht an sich heran, denn sie behauptete, er sei Avantgardist, und sie stehe nun mal einzig und allein exklusiv auf Realisten. »Was bin ich denn zum Teufel für ein Avantgardist?« fragte Rosenöher zu Recht: »Ich bin doch zur größeren Hälfte Baschkire!« Aber die Essayistin aus Jessentuki blieb, stur wie Rumpelstilzchen, jedesmal unwiderruflich unumstimmbar. Ihr kleines Hundegesicht wurde vor Ernst spitz, und die scharfen gesprenkelten Fingernägel schnellten nach oben an die zweigeteilte Kehle – nicht ohne rasante Abstecher zu den, kaum waren sie offen, schon wieder geschlossenen Stoffknöpfen des Lüster-Jacketts. Und der ungeschlachte, aber edle Rosenöher, der kein Spielverderber war, zog mit seinem riesigen Klappmesser zu seinem Mondscheinfensterbrett, an dem er hobelte, sägte und kratzte. Er war nun mal ein Trief-Holzwurm mit Tiefgang, dieser von der Mordwinin beleidigte avantgardistische Abdurachman. **»Ich will nicht mehr mit meinen Gummischuhen durch die Pfützen platschen müssen, ich geh lieber zu den regulären Studentinnen im fünften Stock pinkeln. Die sind nett, bei denen ist gefegt, jede hat einen Teekessel und einen Bettvorleger, und über dem einsamen Bett hängt Anna Achmatowa mit gebrochener Nase. Und im warmen Flur fahren ihre gelben, schwar-**

zen und gestreiften Kinder rasselnd und rumpelnd in gehörnten Wagen hin und her ...«

»Hast du gehört?« so hielt mich fünf Jahre später auf dem Beduinenmarkt in Beersheba ein nicht so bekannter palästinensischer Dramatiker fest: »Der Rosenöher hat Alissa doch tatsächlich erstochen.« – »Wie?« fragte ich: »Wirklich?« Der Dramatiker stieß mit einem spitzen Stöckchen in die schrecklichen verrunzelten Leisten einer frisch ausgeweideten Kamelstute und schüttelte bedauernd den Kopf in seinem schachmustrigen Keffijeh: »Nicht ganz.« Die Kamelstute – merkwürdig, wie riesig und tief purpurn sie war – schaukelte an dem Haken, der hinten in der gespaltenen Bordwand des rostroten Lastwagens hing.

Oder war das schon der Sonnenuntergang?

Sechste Leningrader Geschichte

Zizja hatte beschlossen, *androgyn* zu werden, doch nicht in der dreckig alltäglichen Bedeutung dieses Wortes, sondern im Sinne Platons. Um seine Ganzheit zu erlangen, trat Zizja für 14 Rubel im Monat einer Untergrundsektion für Yoga-Aerobic beim Kulturpalast der Eisenbahner bei. Er mußte so schnell wie möglich zum Schlangenmenschen werden, um sich mühelos einen blasen zu können. Ohne Yoga-Aerobic langte er nicht mal bis an das graue Schaumgekräusel ums Kinn (so sperrig war der kleine Kautschuk-Bauch, der sich sofort rundete und härtete), und den ganzen nächsten Tag zogen dumpf und süß die Muskelstränge beidseits der Wirbelsäule. Nach vier Unterrichtsstunden schaffte es Zizja, sich sacht die Lippen zu kitzeln. Nun wußte Platon aber unglücklicherweise nicht, was Platonow unglücklicherweise sehr wohl wußte, i. e.: *Schwänze sind keine Gänse, sie fliegen dir nicht in den Mund*, und Zizjas androgyne Karriere wurde infolgedessen schon im Keim vom Hexenschuß vereitelt. Versteinert schlief er im Sitzen. Das Mädchen, das einem Lederwedel glich, und ich machten uns in einer unterirdischen schaukelnden Elektrobahn auf den Weg, um ihn zu besuchen. Wir mußten sowieso warten, bis der Oberst zur Nachtschicht ging. Wir saßen da und rutschten ergeben mit dem Hintern (sie: mit fast keinem, wie bei den Zigeunerinnen) auf dem speckigen körnigen Kunstleder der langen Waggonbank herum und unterhielten uns darüber, wie wir uns kommenden Sommer gemeinsam im estnischen Pernau einquartieren würden. Dieses Thema besprach ich mit allen Wintermädchen, aber unabhängig davon, wem sie jeweils glichen – mit keiner bin ich je dorthin gefahren, ich kutschierte sie lediglich mit der U-Bahn herum. Schade! Oder vielleicht auch nicht: die Sommermädchen wärmten im Winter schlecht, so daß auch die Wintermädchen im Sommer wohl kaum Erfrischung gebracht hätten.

Oben jagte der Wind Kugeln verhedderten schlohweißen Gespinstes über den nackten schwarzen Asphalt, und in den umgekippten Laternenkratern an den Kreuzungen standen gelb schimmernde Kreisel, die sich neigten und wieder aufrichteten. Das alles brummte und knisterte ein wenig. Kehlig brummend und mit der funkensprühenden Papirossa knisternd, kugelte Zizjas Stiefmutter durch den langen düsteren Flur; Rachel Semjonowna war eine kleine Raubtaube, auf deren Rücken die Troddeln eines graublau schillernden Seidenschals hüpften. Zizja saß auf der Liege, in einen karierten Plaid gewickelt, und las Hölderlin. Zizjas Stiefvater knarrte, schnalzte, schmatzte und gurrte über uns auf dem Zwischengeschoß. Die dicken Tauben, deren knöchernes Köpfchen in einem dreifachen Ringelkragen versank, antworteten ihm mit ihrem endlosen Gaunerlied ohne Worte verstimmt aus den unbeleuchteten Holzkäfigen.

Wir saßen an Zizjas Halblager, lauschten mal Richtung Flur, mal Richtung Decke, und dachten uns: Ich: »Ob die Frau Oberst schon zu ihrer Hermandad gegangen ist?«; das Mädchen, den glatten schwarzen Kopf gesenkt: nichts; Zizja: »Nein, da wird doch nie ein Androgyner draus!« (von mir). Rachel Semjonowna brachte vorwurfsvoll Tee – sie machte nämlich mich für Zizjas sämtliche Mißgeschicke verantwortlich, dabei war nicht ich schuld, schuld war Prochor Samuilowitsch, der die Androgynie- und die Selbsterkenntnismode initiiert hatte.

»Ich begleite euch«, sagte Zizja zu unserer Überraschung und erhob sich im Sitzen. Der Plaid hing schlaff an ihm herunter.

»Miez«, rief die Stiefmutter aus der fernen Küche: »Mitja! Komm sofort zurück! Du fällst noch von der Treppe und brichst dir das Genick!«

»Zizja«, sagte ich, »du solltest nicht Hölderlin lesen, sondern Keats.«

Zizja schniefte und schnaufte und fuchtelte mit seinen unter dem Plaid hervorgezogenen Händen an der Wohnungstür herum wie eine gedrungene, knubbelnasige Hexe an der Ofenklappe. Das Mädchen (verzinnte Reißzweck-Augen, aufquellend in einer tapferen Träne) zwängte ihre unzähligen schlanken Beine in lange glänzende Stiefel. Als sie endlich alle verstaut hatte, wandte sie mir fragend ihr flaches Gesichtchen mit der unzertrennlich an der Stirn klebenden Ebenholzglätte zu. Da packte ich sie am Wildleder-Schlafittchen und den großen flauschigen Falten in den Kniekehlen und wedelte und wirbelte sie durch die Luft, um ihre Maße auf das Türöhr abzustimmen. Wissen Sie, ich trug sie überall auf Händen, damit sie mir aus den Füßen war. »Mit dem Kopf voran«, riet Zizja. »Glaubst du, sie ist am Kopfende schmaler?« fragte ich. »Oder bist du etwa abergläubisch?« »Na klar bin ich abergläubisch«, antwortete Zizja stolz.

Zizja trottete gebückt neben mir her, aus den Ärmeln und unter dem Saum seines abgewetzten rötlichen Pelzes sahen die Zipfel des Plaids hervor – als schleppte ich nicht nur was zum Apportieren, sondern führte auch noch einen kleinen alten Hund spazieren, sagen wir, einen Airedaleterrier ... Der Schnee war zum Stillstand gekommen: auf dem Asphalt Zickzackrillen, auf den Bäumen schmale unterbrochene

Streifen, gelichtete Reihen dichter Netze über der Kronwerkskaja-Straße. »Sollen wir nicht morgen in den Zoo gehen?« fragte Zizja von unten. »Pony reiten?« – »Und wenn du runterfällst? Deine Rachel Semjonowna, die zermalmt mich doch zu Scheißekrümeln, und dein Stiefvater verfüttert mich an seine Tümmler.« Ich blies dem Mädchen auf den Kopf, um das glatte Hängehaar, das mir die Sicht auf Zizja versperrte, wegzupusten. Mein knabenhaftes Mädchen faßte sich mit beiden Händen an die Stirn (ich habe sie nie zu sehen bekommen, diese Stirn, kein Mal, und trotzdem bezweifle ich, daß sie ein nennenswertes Kainsmal aufwies; ihre schmalen geraden Knochen waren eiskalt, was eher auf Taubheit durch Novocain schließen ließ), doch für einen Augenblick verrutschte ihr Haar, und man konnte sehen, wie Zizja irgendwo am Ende des Bürgersteigs leichtsinnig abwinkte, statt zu antworten; und wir waren noch nicht an der U-Bahn-Haltestelle Gorki angekommen, da war der Arme völlig krumm und schief. Aber irgendwas erheiterte ihn schrecklich. Er trippelte immer schneller, hopste in die Luft, klatschte in die Hände und erschreckte die verfrorenen Tauben, die sich um den in Schwaden dampfenden Kanaldeckel auf dem Fahrdamm scharten. Am Kino »Riese« überquerten wir die Straße, und in der breiten knirschenden und nadelig glitzernden Allee (an ihrem Ende zeichnete sich vage die fliegende Untertasse im Friedhofshafen ab) stach Zizja vollends der Hafer, er jagte, leise knurrend und lachend, hinter einer langen Lumpenkatze her, die ihrerseits, sich zusammenziehend und wieder streckend, einer halbgerupften hinkenden Taube nachsetzte. »Zizja, Zizja!« brüllte ich durch das Mädchen hindurch, die ihren flachen lila Mund zwecks besserer Schallübertragung leicht geöffnet hatte. Aber Zizja stürmte immer schneller dahin und krümmte sich, bis er mit dem Schirm seiner Wollmütze und den heruntergelassenen Ohrenklappen den Boden berührte; Schneestaub aufwirbelnd, überschlug er sich und kullerte wie ein Knäuel – ein Rad – ein Ball – der Katze hinterher, die über das Schnee-Wachstuch zur Seite preschte, hinein in die vertrackt verknotete Finsternis der Bäume, und schwups – weg war sie und er mit ihr. Nur noch langsam niedergehende Spritzer von Eissand und Erdbrocken waren zu sehen; nur noch das immer tiefer in den Baß absackende, sich entfernende Gejaule von Zizja war zu hören. Dann war alles wieder wie vorher – mit einem Unterschied: weder Zizja noch die Katze, ja nicht einmal die Taube waren mehr da.

»Und, ist die Frau Oberst zu ihrer Hermandad gegangen?« fragte ich den betagten Airedale, der sein gekräuseltes Kinn über die gekreuzten Pfoten erhoben hatte. »Mama ist schon zur Arbeit«, sagte das Mädchen bekümmert, als sie aus dem Schlafzimmer kam, und schickte sich an, mit ihren kleinen verfrorenen Händen ihre überaus enge und überaus weiße Hose aufzuknöpfen.

Stadtauswärtsgeschichte

Fima Mordkin, der gestorben ist, wollte sich dauernd meiner rechten Hand entwinden und wie ein jüdischer Jessenin die runzligen Knie einer Kiefer umarmen oder einer Fichte unter den löchrig-stacheligen Rock kriechen, um ihnen mit Gefühl gegen die herb und feucht riechende Haut zu schmettern: *Sei mir ein Freund, scheiß überkreuz. Sei mir ein Bruder, scheiß eine Kugel. Sei meine Dirne, scheiß mir Gestirne*, und er lachte den finnischen Sternen, die immer noch kein Russisch gelernt hatten, ins Gesicht. Besonders stolz war er auf den letzten Teil des Triptychons, der seine ureigene Erfindung war. Fima war sonst zigeunerhaft düster und schweigsam, an diesem Tag aber ungewöhnlich ausgelassen, aufgekratzt, ausgerastet, kurz: er hatte sich vollaufen lassen, und zwar so, daß er wegen Randalierens aus dem Repinoer Hotel hinausgeworfen wurde – zusammen mit acht anderen wütenden kleinen Juden – und jetzt zum Übernachten zur Datscha entfernter Bekannter eskortiert werden mußte. Nur Fima starb, die anderen wanderten nach Amerika aus.

Am linken Arm schleppte ich Iljuscha Chmelnizki, der zwar nichts sagte, aber ständig hinfiel. Den schweren Iljuscha im rutschigen Ledermantel aus der Grube zu hieven, die er wie ein Elch in die (mit dem rosa Baiser aus dem Café Nord vergleichbare) Schneekruste gedrückt hatte, war schon nicht leicht, und dann auch noch Fima von den Kiefern loseisen ... Der von Stiefeln und Reifen geglättete Weg entlang der Bahnstrecke Répino–Komarówo flimmerte und glitzerte; die frostige, aber windstille Nacht präsentierte ungewöhnlich scharf und plastisch gestochene Schatten im gleißenden Schnee; wie gesagt, verstanden die Sterne am dunkelblauen Himmel kein Russisch, der niedrige klare Mond, der einem Frühstücksei mit scharf gekapptem Hut glich, verstand dagegen alles und schwamm in seinem Ring aus Lichtschaum mitfühlend über mir. Soviel ich weiß, ist er weder gestorben noch nach Amerika ausgewandert, sondern nach Deutschland zurückgekehrt, wo er jetzt, fein säuberlich zur Hälfte aufgegessen, rechts von meinem Tisch anheimelnd im Sprossenfenster hängt. Von einem Baum löste sich ein langer schmaler Schatten und wankte auf uns zu; ihm folgte ein Räuberpelz auf Kranichbeinen. Als wir näher kamen, reihte sich der Pelz als vierter ein und marschierte schweigend los, wobei er versuchte, mit uns im Gleichschritt zu gehen. Doch das schafften wir ja selber nicht. Ein paar beklemmende Minuten später blieb Fima auf einmal abrupt stehen, hängte sich an meinen Arm und drehte sein ganzes fichtennadelübersätes groblidriges, dicklippiges Gesicht gewichtig dem neu erschienenen d'Artagnan zu: »Bist du Jude?« – »Was denn sonst?« antwortete der, ohne nachzudenken. Alle waren ungeheuer erleichtert, mit Ausnahme von Iljuscha Chmelnizki, der hinfiel. Bis zur Datscha waren es noch etwa dreißig Minuten in normalem Tempo, in diesem allerdings womöglich anderthalb Stunden. Dabei hatte der Tag so gut angefangen! Erstens hatten wir morgens, als Iljuscha und ich mit dem Zug nach Répino fuhren, in unserem Waggon den bärtigen Sasserman getroffen, dem sie später im Aufzug einen Schraubenzieher in den Leib rammten. »... da sag ich ihr: verstehst du, ich will schlafen, einfach schlafen, schlafen und sonst nichts! – und drehte mich zur Wand! Da hat sie mich doch aus Wut hier hinten in den linken Arsch gebissen«, erzählte er einer Schar neidischer Jugendlicher triumphierend. Zweitens, als wir dann Flipper spielten, lernte uns ein großer Experte an, Aljoscha Browkin, der nur auf ein Zeichen wartete, um jemand die Fresse zu polieren, und sich solange mit uns abrackerte. »Was bolzt du denn mit ihr herum wie mit einer Fotze?!« stöhnte Aljoscha. »Sanft mußt du sie anfassen, ganz sanft, wie eine Fotze!« Bei der leisesten Andeutung von Widerspruch hob er seinen weißblonden Krauskopf und rief mit drohend geknurrtem tiefem Rachen-R: »Komm mir bloß nicht zu dumm! Ich bin ein einfacher sowjetischer Burrrsche und fackele nicht lange!« Drittens beobachteten wir den Rausschmiß der neun wütenden kleinen Juden, die sich dann durch alle möglichen Ritzen an den Kontrolltanten vorbei wieder ins Hotel schlichen und ihm erst am Abend, im Restaurant, nach ihrer legendären Répino-Zechprellerei endgültig Lebwohl sagten. Der letzte am Tisch war Perssíwer: der kleinste, der zerzauste, unbedarfte Jude, den sie aus allen drei Gründen auch nicht besonders verdroschen, obwohl der einfache sowjetische Bursche Aljoscha Browkin dabei war und den schnurrbärtigen Kellnern von Répino leidenschaftlich unverständliche Ratschläge gab. Viertens ...

... Fima verlagerte seine lyrische Emphase von den Nadelhölzern auf den breitblättrigen Chmelnizki. »Chmelnizki, rate mal, was heißt Idiot auf rumänisch?« Iljuscha öffnete seine reifbedeckten Augen und räusperte sich interessiert. »Idiot heißt auf rumänisch ›Idiotescu‹!« Iljuscha fiel hin. Fima Mordkin fiel ebenfalls. Aber jetzt half ihnen Genja wieder auf die Beine, wie sich herausstellte, der Bruder seines abwesenden Zwillingsbruders. Dieser war durchtriebener als Genja und beleidigte ihn fürchterlich – erstens überließ er ihm trotz Genjas inständiger Bitten nicht die Vertretung bei seiner Braut, obwohl es ihm doch wirklich egal sein konnte, oder? und dann, als Genja sich endlich selber ein Mädchen angeschafft hatte, das im Chor des baptistischen Bethauses von Oserkí sang, machte er sich tagelang mit seiner Baßstimme über ihn lustig: »Haha, eine Chorsängerin. Statt sie bespringen, mit ihr singen.« Schließlich landeten sie beide im Gefängnis, doch aufgrund unterschiedlicher Tatbestände: Genja wegen Verbreitung der Schriften des Akademiemitglieds S., der Bruder wegen der Schriften des Nobelpreisträgers S. Plötzlich erhob sich ein schneller, feiner, wirbeliger Schnee, der alle und alles verhüllte, was es zu verhüllen gab. Die Welt war ein einziges Schneegestöber – wir waren gleichsam eingeschlossen in einen Sternenstrudel von blendender Dunkelheit und betäubender Stille. Aber das währte nicht lange. Es hörte so plötzlich zu schneien auf, wie es angefangen hatte, und irgendwo wurde durchdringend gebrüllt und geklopft. Ähnliche Laute habe ich nur noch einmal in meinem Leben gehört – als ich im Zoo bei Tel Aviv fasziniert beobachtete, wie große alte Schildkröten bumsten. Aber in diesem Fall handelte es sich um Schriftsteller, die im Erholungsheim des Schriftstellerverbandes Billard spielten. Das hieß, wir mußten den Bahndamm überqueren und in die tief unten blinkenden Straßen von Komarówo eintauchen.

Der hohe Eisenofen prasselte. Sieben wütende kleine Juden saßen in harzigem Dampf auf den drei Betten: ernüchtert, griesgrämig, ohne Hose. Fima schälte sich aus seinen nassen Jeans, hängte sie an den Ofen, deutete auf die weiße lange Unterhose mit den herrlichen fliederfarbenen Längsstreifen und sagte: »Hier, die hat mein Großvater Anno neunzehnhundertachtunddreißig im Etappengefängnis von Kasan bekommen. Immer noch wie neu.« Und er setzte sich aufs Bett. Kurz darauf fragte jemand: »Wo ist Perssíwer eigentlich? Du hast dich doch als vorletzter aus dem Staub gemacht. Hast du Perssíwer nicht gesehen? Haben sie ihn geschnappt?« – »Er übernachtet im Erholungsheim der Parteiveteranen«, gab der Zwilling Genja bereitwillig Auskunft: »Da erholt sich seine Braut. Kann ich vielleicht an seiner Stelle bei euch übernachten?« Zwei Jahre später sollte er nicht mehr *Braut*, sondern *Brause* sagen, und noch zwei Jahre später *Düse*, und zehn Minuten später standen Chmelnizki, der wieder die Haltung eines Ölscheichs angenommen hatte, und ich auf dem Bahnhof von Komarówo in der Hoffnung auf den allerletzten Zug.

...und viertens hatte ich in der Kellerbar des Repinoer Hotels eine Klassenkameradin von vor zwei Jahren getroffen, in Begleitung von Sassermans kleinen Schiebern. Ich nickte ihr im Vorbeigehen zu, die Bande lachte über meine der äußeren Erscheinung nicht angemessene Hochnäsigkeit. Sie sagte mit ihrer schleppenden, heiseren Stimme: »Ej, wehe, ihr verarscht meinen Mitschüler.« Ich wandte mich ab von ihren Prachtschultern, den kräftigen schmalen Hüften mit den Längsgrübchen an der Seite und dem Fuchsgesicht mit dem kleinen Kinn und der breiten Stirn. Nur die Nase paßte nicht zu einem Fuchs. Es war eine Elch-Nase. Vor drei Jahren hatte ich sie in ihrer Datscha in »Fuchsnase« zusammen mit einer anderen Mitschülerin besucht, einer schweigsamen, dünnbrauigen, liebenswürdigen; ich hatte einen tatarischen Mitschüler mitgenommen. Die andere Mitschülerin starb im nächsten Jahr, während diese hier elf Jahre später nach Amerika auswanderte. Das einzige, was ich nicht weiß, ist, was eigentlich aus dem Tataren geworden ist. Höchstwahrscheinlich nichts.

Zalaegerszeger Geschichte

In der tiefen Vitrine des Ladens, / da hing an der güldenen Schnur ein glasierter Krug, aus dem eine Pfauenfeder – wie das Skelett eines gigantischen Herings mit giftgrünen Augen – schräg herausragte. Stiefel mit lackierten Ganovenspitzen und klaffenden roten Schlünden hängten ihre schiefen, abgerundeten Absätze ins Maul des Kruges. Vor diesem Stilleben stand der Regisseur in blauer Jacke und harkte mit den breiten, flachen Nägeln die grauen und gelben Haarsträhnen hinter die Ohren. Seine in eckige Klammern gesetzte Stirn ging, an der Nasenwurzel sparend, direkt in die hagere Nase über, und sein kleines rundes Kinn und die Wangenwülste unter den Backenknochen bewegten nachdenklich und gestreng den aschblonden, feingeringelten Bart. Rauchende Geister, waren wir schon vor drei Tagen aus der staubigen Flasche entwichen, aus unserer grenzenlosen Heimat (die sich in den drei Jahren, die seither vergangen sind, endlich aufgelöst hat und endlich wirklich grenzenlos geworden ist), hatten uns dann von den durch Aeroflot liniierten Himmeln auf die nichtrussische Erde ergossen und warteten jetzt im fliederfarbenen Vorweihnachtsmatsch auf die nachmittägliche Öffnung des Geschäfts. Es roch nach zerstäubter Wintersonne, würzigem Rauch und gepfeffertem heißen Wein. Räuberische Tauben spazierten ungeniert auf dreckigen hohen Pfoten durch die Gegend und bedachten den Regisseur mit einem scheelen Blick. Aber der beachtete sie nicht, und so mußten die Ärmsten mit dem schwarzkörnigen Mist, der im Kanalgitter hängengeblieben war, vorliebnehmen. Apropos, ich brauche nur eine beliebige Grenze zu überschreiten, da trete ich als erstes mit der platten Sohle voll in die Hundescheiße – mal in eine von den Lämpchen eines Chinarestaurants gebläute babylonische Pyramide auf dem Boulevard St. Germain, mal in ein paar dunkelgelbe, an beiden Enden spitz zulaufende Raupen auf einem dunkelrosa Fahrdamm in Berlin, mal in eine grünliche Vegetarierpfütze auf der hölzernen Uferpromenade, die von Brighton nach Coney Island mit seinen glitzernden Riesenrädern führt. Und auch in diesen ersten drei Tagen war die schwarze Budapester Urscheiße noch nicht restlos von der gerippten Unterseite meines rechten Schuhs gewichen, sosehr ich ihn auch an den mitteleuropäischen Bürgersteigen abscheuerte. »Oleg, mein Täubchen, quälen Sie sich nicht«, sagte der Regisseur sanft, ohne die Augen von dem Schaufenster abzuwenden. »Gehen Sie schon mal ins Theater, ich komme nach.« Und er spreizte die Hand und bog seine groben, sauberen Finger einen nach dem anderen zur Faust. Ich fühlte mich mehr von innen sauber – praktisch hohl, wenn auch ohne Luft, mit einer Kruste getrockneter Galle auf dem Grund der Kehle –, weil ich die ganze vorige Nacht auf den Teppichläufer des im vierzehnten Jahrhundert erbauten Vorstadtschlosses gekotzt hatte, das dem Regisseur und mir als Aufenthaltsort zugeteilt worden war. In dem einen gleichmäßig geweißten Zimmer standen achtundachtzig leere, gleich bezogene Betten, in dem anderen zwölf. Wir wählten das zweite gemütlichere. Zwei Abende lang begnügten wir uns zum Essen mit einer Flasche fettem Tokaier und einer gelehrten Unterhaltung, am dritten tranken wir nach dem Bankett alles aus, was im Eßsaal vom Bankett übriggeblieben war. Die Theatersektion der Konferenz »Die Zukunft der künstlerischen Intelligenz« ging heute zu Ende, obwohl wir sie bereits gestern verabschiedet hatten, auf Husarenart mit dem

Zerschmettern von Weingläsern, Trinksprüchen in unbekannten Sprachen und – dank gemeinsamer slawisch-ungarisch-jüdischer Anstrengung – erstaunlich gelungenem Chorsingen der beiden Lieblingslieder der künstlerischen Intelligenz *Aquarellisten, Stalin will von uns* und *Wir Rot-Aquarellisten stürmen vorwärts, hüh*! Es gibt kein Wesen, das so viel trinken kann und dabei so wenig seinen Gesichtsausdruck ändert wie ein Ungar. Außer einem Elefanten vielleicht. Die Tagesration des Elefanten, den Peter der Große vom persischen Schah geschenkt bekam, bestand aus einem Eimer Spiritus und einem Eimer Wein. Die Wärter gaben dem Elefanten natürlich nichts und warfen ihm obendrein russische Flüche an den Kopf. Der Elefant war gekränkt, erkältete sich und starb – daran mußte ich denken, als ich verzweifelt auf die Tür starrte und mein und des verschollenen Regisseurs Tagegeld abarbeitete, mit einem Referat zum Thema *Es ist nicht leicht, etwas zu verkaufen, wenn du nichts zu verkaufen hast als dich selbst*. Da der Vertreter der musikalisch-dramatischen Öffentlichkeit aus der Patenstadt Cherson gestern die kleine goldzähnige Dolmetscherin in Reitstiefeln durch Raub gefreit hatte, hoffte ich, daß mich keiner verstehen würde; doch die Naivität, mit der ich jedem, der sich wollüstig höflich als Fünferkandidat in der Okkupationsmundart vorstellte, glaubte – obwohl dieser Glaube durch das gestrige Singen ein wenig erschüttert worden war –, wurde zu Recht bestraft. Ich lief fort, aber mir flogen Paprikakonserven, zweiundsiebzig Kopeken das Stück, ins Genick. Die Hintertür des Theaters schepperte und seufzte tief hinter mir, und ich blieb verzweifelt stehen. Um sieben Uhr abends war die Stadt ausgestorben: keine Laterne brannte, kein Mensch war unterwegs – nur hier und da blaute matt ein Fenster. Wie sollte ich denn in solcher

Nacht den kleinen russischen Regisseur mit dem gramerfüllten und groben Gesicht finden?! Verfluchtes Europa! Du hast ihn verschluckt – diesen interessanten Gesprächspartner, begabten Regisseur, vorbildlichen Ehemann und Vater, in dessen Zeugnis für die Dienstreise ins Ausland *Erfreut sich der Liebe der Schauspielerinnen, erfreut sich ihrer aber nicht* stand – ausgerechnet in diesem Moment, da sein ganzes Leben, sein ganzes Wesen sich von Grund auf ändern sollte! Er wußte es selber noch nicht, aber ich hatte ihm schon die Karten legen lassen und einen Herzbuben, ein Techtelmechtel und Unannehmlichkeiten mit den Behörden gezogen. Ganz zu schweigen davon, daß er meine Rückfahrkarte hatte... Ich irrte durch die schwarzen Straßen, um wenigstens einen Milizionär zu finden, der über Funk im Untersuchungsgefängnis oder bei der Notaufnahme anfragen könnte... Gott sei's gepfiffen und getrommelt! Ich machte einen Satz und klammerte mich an einen trauten Mausärmel.

»Ich hab das Ding doch hier gekauft!« schrie der Milizionär empört in reinem Deutsch und fuchtelte mit seinen Händen im Rücken. Dann fing er zufällig einen Blick aus meinen Blechaugen auf und beeilte sich folgsam, den Offiziersmantel auszuziehen. Erschreckt und beschämt stürzte ich fort und fühlte, wie sich der Hohlraum in mir mit metallischer Luft füllte und das kleine Herz sich durch Teilung vermehrte. Nur noch der lila Himmel, den ein Flugzeug als rote Kugel durchschnitt, beleuchtete diese Stadt. Ich lief durch irgendwelche langen Höfe (von der Mülltonne segelten lange Katzen mit langem Zischen in verschiedene Richtungen), landete in einem kleinen, von Nebeleis knisternden Park (einen Moment lang erschrak ich, weil ich glaubte, aus der zwar nicht besonders überzeugenden, aber immerhin

Stadt in einen wilden Wald geraten zu sein), bog um graue öffentliche Säulen und kam plötzlich am schon nächtlich verödeten, aber mit einer langköpfigen Laterne und ein paar blauroten Girlanden blendenden Lager des Weihnachtsmarktes heraus. Am Rand des Platzes vor einem vergitterten Kaufladen stand der Regisseur in seiner blauen Jacke und schaute immer wieder auf die Uhr. »Können Sie das verstehen, Oleg, die haben immer noch nicht aufgemacht!« nölte er. Ich blickte flüchtig auf mein dickkehliges, großohriges Spiegelbild, das über die erloschenen Stiefel kroch und sagte: »Wissen Sie, was ich die ganze Zeit fragen wollte, aber immer wieder vergesse: Was macht eigentlich die Schauspielerin Kasákinowa?« Und ich spürte ein Frösteln um das Steißbein. Er zuckte mit den niedrigen Achseln und seufzte: »Kommen Sie, ich erzähle Ihnen das im Zug. Wir kriegen ihn doch noch?«

Achte Leningrader Geschichte

Ihre Vorderzähne waren wie zwei halb nach innen geöffnete Türflügel, die Nase gewellt, die Augen viel zu blau, und ihre kleine sture Stirn hatte etwas von einem Stier; und doch gefiel sie mir, *trotzdestonichts*. Schon vor langer, langer Zeit, als ich zufällig auf dem Rücken des nach Luft ringenden, schwankenden, sich mit den Händen im Sand festkrallenden kleinen Iljuscha Chmelnizki stand und von oben in die Umkleidekabine auf Hühnerbeinen spähte, in diese geometrisch extrem vereinfachte Miniaturausgabe eines Labyrinths aus schlierig bemaltem Blech (war es blau? grün? dunkelrot? woher soll ich das noch wissen?), und zufällig ihre imaginären nassen Brüste mit den winzigen lila Spitzen in der Mitte erblickte, die wie erst kürzlich verheilte kleine Brandblasen aussahen – schon damals hat sie mir gefallen. In jenem Sommer hagelten unzählige Marienkäfer vom Himmel auf den windigen Strand von Pernau, und die harten roten und gelben Halbkugeln kitzelten Gesicht, Schultern und Knie.

Unsere Eltern hatten sich am Strand miteinander angefreundet und besorgten uns ein paar Jahre später zwei Theaterkarten für das Stück »Die Sitzung des Parteikomitees«; nachdem ich meinen Part im Parterre gesittet abgesessen hatte, begleitete ich sie nach Hause: die schwarzen, dickflüssigen, nach schläfrigem Hund riechenden Glitzerzellen der Fontanka entlang und dann – der Weg war Gott sei Dank nicht weit – über eine Holzbrücke mit vereinzelten Schneefunken und nach links, zum Tolstoj-Haus. Als Begleitperson hatte ich mir das Recht erwirkt, im Hausflur ihren unebenen Mund mit dem unbeweglichen Dreieck der nassen

Zunge zu küssen (die süß die Erinnerung an einen glattrükkigen Eclair und die gaumenbetäubende Limonade »Duchesse« bewahrt hatte), und fuhr ihr verlegen über dem vorletzten Knopf in den Pelzmantel mit dunklen Querstreifen. Da stieß ihr die »Duchesse« auf, der Ärmsten – ihr Bauch zog sich unwillkürlich zusammen, und meine Hand glitt unter den Gürtel ihrer schwarzen feinkörnigen Hose, immer die gelbe Seidenstraße des finnischen Pullis entlang. Na, hat der denn nie ein Ende? ... Weitere sechs Jahre später sahen wir uns im Kulturpalast der Eisenbahner bei der illegalen Vorführung des Trickfilms »Kleiner Igel im Nebel«.

Sie war ein richtiges Gabelmädchen geworden mit ihren langen gebogenen Zinken in der schwarzen Schlabberhose und gab ein wenig schreiend lauthals ihre Einführung zum besten. Ich habe nur folgendes behalten: *Jeder Künstler hat manchmal den etwas kindlichen Wunsch, ein Igel zu sein.* Der Regisseur Tschitschukowitsch stieß mich mit dem Ellenbogen an und flüsterte ehrfürchtig: Die hat wohl einen Ödipuskomplex. Seltsam, ich kannte doch ihren Vater, der hatte O-Beine wie ein Deutscher – acht Jahre lang saß er hinter dem Strandrestaurant »Rannahoone« auf einem Leinenklappstuhl und spekulierte auf die Dame. Wie oft hatte ihm der Buchhalter Koljascha, der Preference-König von Pernau, schon eingebleut: »Abramowitsch, spekulier nie auf die Dame«, er tat es trotzdem, und wenn ihm nichts mehr einfiel, spielte er einfach Karo, er verwechselte die Farbe, fummelte an den Kaufkarten herum, drängte sich vor, wenn er nicht dran war, und fiel eine Streichholzschachtel von der Kiste, streckte er sich vor, um sie auf einer Kreisbahn an seinem bequem in die O-Beine gebetteten grauflauschigen abschüssigen Schmerbauch vorbeizubugsieren.

Kaum zu glauben, daß man ihm ein derart blendend-raffiniertes Gefühl entgegenbringen können sollte, obwohl es andererseits natürlich nichts gibt, was es nicht gibt. In Kürze hatte sie sich zu einer spitznasigen, überlangen Bohnenstange gemausert, zu einer Puppe mit aschenen Herrenwinkern, und plapperte mir, die schwarze Hose straff in die hohen Stiefel gestopft, mit schwacher Gegenwehr ins Gesicht: *Ich bin doch noch Jungfrau*! Und dann knipste der Armenier Iwanow, dieser Neidhammel, der mich für siebeneinhalb Gewerkschaftsrubel außerhalb der Saison ins Sanatorium »Beerenreich« an der karelischen Landenge gelockt hatte, angeblich aus Versehen das Licht an. Am nächsten Morgen entdeckten wir vor dem Eingang im kartonharten Schnee große ungleichmäßige Furchen mit orangegelbem Schimmer, in denen geschrieben stand: ALIK IST DOOF. Wie sie das bei minus 30 Grad Celsius hatte hinpinkeln können, ist mir bis heute ein Rätsel ... Und einmal gab sie sich als Tochter der Südmeere aus, die große Inka Kramarenko in knisternden Strümpfen, die meine Hand auf ihrem runden, gewundenen, wunderbar modellierten Bauchnabel zärtlich-knallhart stoppte – wie sich später herausstellte, aus alleredelsten Beweggründen, d. h. zu meinem eigenen Schutz. Als sie dann bei dem Mädchen übernachtete, das einem Lederwedel glich, fuhr ich nur zweimal mit dem Mund um die oberen Halbkreise der tief ansetzenden großen dünnhäutigen Brüste, die so weich und doch so klangvoll waren, daß sie mit einem dickflüssigen, doch leichten, prickelnden Gas angefüllt schienen – aber ich mußte rüber ins andere Zimmer zu dem Knarren und Schluchzen, denn ich war ja schließlich nicht nur zum Schlafen hier (die Frau Oberst war zu ihrer Hermandad gegangen) ... Ein paar Tage später rief sie bei mir an, dann ein zweites, ein drittes Mal, und ich zog mich unhöflich aus der Affäre, weil ich zu faul war, sie einen ganzen Monat oder wie lang das eben bei uns dauern würde mit drei Trolleybussen bis zum Poklonberg hinauf zu begleiten. Verdammtes Leningrader U-Bahn-Bauamt!

Und dann, weitere elf Jahre später, traf ich sie mit einem Netz voller Dattelpflaumen von der Farbe eines blauen Auges auf dem Markt in Jerusalem: die Ärmste, aus einem Gabelmädchen mit nach unten gebogenen Zinken hatte sie sich mit ihrem länglichen, ungleichmäßig dunkel angelaufenen, nach vorn und oben gewölbten Schöpfmaul schon in eine echte Löffelfrau verwandelt. Sie schrieb an der Jerusalemer Universität eine Dissertation über die erste jüdische Operette »Der Zigeuner-Aaron« und zitierte daraus bei jeder Gelegenheit niedergeschlagen den zündenden Lieblingsausspruch von Madame Schnurkes, der komischen Puffmutter: »*Die Antwort auf die jüdische Frage ist die jüdische Frage.*« Oder sie malträtierte mit ihrem mächtigen, fröhlichen Körper den morschen Korbstuhl eines Gartencafés im Jardin du Luxembourg und wiederholte andauernd: »*Ich bin die letzte Tanja in Paris*«; dabei lachte sie und rieb sich mit den beiden groß und schwarz beringten Händen die Sommersprossen auf ihren dicken verweinten Wangen. Doch daß ich ihr wirklich nie mehr entkommen würde, begriff ich erst endgültig, als sie mir in einer erkälteten Münchner Bierhalle voll höflicher Hitlerjugend einen Keramikteller mit Kartoffelsalat – beinhart gefrorenes Schwefelpüree mit siechen Schnittlauchstengeln – über den langen Tisch reichte und sich, die gespreizten Hände in den Rüschentaschen ihres Dirndls, über die Oberschenkel strich. In fast allen anderen Fällen war sie immer Friseuse: sie ließ den in den weißen Mönchsumhang gehüllten Körper in einer eisigen Gänsehaut erstarren und schnitt mit ihrer scheinbar ziellos in der Luft klappernden Schere die verhedderten Zeitfäden im nahen Umkreis durch – warum?, das müssen Sie Samson fragen. Oben knallte alle fünf Minuten, mit sämtlichen Riegeln scheppernd, mit sämtlichen Ketten rasselnd, die mit unzähligen gelben und weißen Halbkügelchen genietete Wohnungstür: das war Ariadna Moissejewna, die Großmutter, die ihren fröstelnden Kopf mit den spärlichen Löckchen herausstreckte und wieder wegschlurfte, um ihre zittrigen kleinen Hände mit Spiritus zu reinigen: für die Jungfräulichkeitsprüfung. »Wie lang die Sitzungen doch heute dauern«, brummelte sie und trippelte, über das L des lackierten Flures rutschend, zum Badezimmer. Ich war inzwischen schon im Vorgebirge von Sinkiang angelangt.

Mein liebes Mädchen, meine prächtige Freundin, du, meine Freude sang ich, während ich mit leichtem Knirschen durch die hohen lichtlosen Höfe des Tolstoj-Hauses ging. An die Wolke um meinen Mund hefteten sich durchsichtige Schneeflocken und zogen sie herab. Schräg gegenüber im schwarzen muskulösen Himmel flog der Gas-Euter des Mondes. Ich lächelte, als ich an den kleinen Knopf dachte, der den Body am Steg verschloß (damit das Rückenteil keine Falten warf): die Seidenstraße würde sich in eine Reise um die Erde verwandeln, wenn mein Arm wie bei einem Vampir ins Unendliche nachwachsen könnte. Ich drückte auf diesen Knopf, versuchte (vergeblich), ihn aus der Seidenschlaufe zu befreien, und das Mädchen, meine Freude, seufzte mit ihrem glücklichen Stiergesichtchen im Tauwetter-Treppenleuchten. Und es war auch höchste Zeit: Ariadna Moissejewna wählte gerade die Nummer »Städtische Leichenschauhäuser und Kliniken«.

Odessaer Geschichte

Auf der Deribas-Straße standen Deribässe in Dreiergruppen.

Im Fenster des Lebensmittelladens trank ein kleiner Junge kauend Saft. Zwei fahle Zypressenzweige lagen auf staubig-glitzernder Watte gekreuzt auf der Fensterbank und verströmten Lakritzduft ins Ladeninnere.

Von der Potjomkin-Treppe stieß eine eigens dazu angestellte Alte in Steppjacke alle anderthalb Minuten einen Kinderwagen hinunter. Oben schoben sich die Mamas gesittet Schritt für Schritt in der Schlange vorwärts, unten drängten sich lachend die Papas und fingen den Wagen auf. Das machte ein Rubel.

Unter dem breiten schwarzen Granitbart stand geschrieben: *Für Karl Marx von den Einwohnern Bezirk Mitte*.

In den niedrigen Straßen hüpften knisternd und raschelnd verschiedene kleine Papiere.

Den Papieren hinterher hüpften kleine Ukrainer, die sich bemühten, wie Juden auszusehen.

In einem unterirdischen Tunnel stand ein starrlidriger Jude mit flaumiger Gaze-Umhüllung um die lange Kehle und schnitt (bemüht, wie ein Ukrainer auszusehen) die gewünschten Silhouetten aus den um sein Scherenkreuz kreisenden mattschwarzen Blättern. Das machte ein Rubel.

Die Stadt steckte unter vier Schichten aus verblichenem Jod.

Das Schwarze Meer sprang zischend und Papiere schaukelnd gegen das »Schwarzmeerler«-Stadion an. Durch den Taras-Schewtschenko-Park marschierten stämmige Pioniermädchen in blauen Röckchen und schweren faltigen

Stiefeln. Zwei Pioniere mit MGs standen am Obelisk und blickten geradeaus.

Die Premiere von »Väterchen Frost« war aufgrund der Ränkespiele von Intriganten und Antisemiten auf den Frühling verschoben worden: Das schuftige Schneeflöckchen war in Schwangerschaftsurlaub gegangen. Der Regisseur Tschitschukowitsch knabberte vor Kummer an einem großkörnigen Maiskolben, den er mit grauem Salz eingerieben hatte. Das machte ein Rubel.

Ich erhob mich mitten in der Nacht von meinem schrill quietschenden und aus all seinen hohlen Knöchelchen ächzenden Klappbett. Von Wolkenjod verschmierter Mond floß schmal durchs Fenster. In seinem Licht schlummerte Tschitschukowitsch auf der Sofakante, die geschwollenen Fersen unter der Decke herausgestreckt und den pelzigen Arm über seiner unsichtbaren Frau erhoben. Den Mond im Zinkeimer verplätschernd, gelangte ich über den Kakerlakenpfad in den Flur. Ich zündete ein Streichholz an, um den richtigen Schalter zu finden. Achtundzwanzig Glühbirnen schauten in drei Trauben aus dem Guckloch des stumpfwinkligen Klos. Achtundzwanzig ovale Klobrillen hingen in Dreierreihen auf Nägeln an der Längswand, die anderen Wände waren kurz. Medaillons im Russischen Museum. Ich wählte die aus einem Stück gegossene, schwere, fuchsrote Klobrille mit den dunklen Tupfen, auf der fein eingeritzt und mit Kopierstift blau verstärkt *Tschitsch-witschs* stand. Von der Decke waren zwei längliche Kakerlaken in den Topf getröpfelt, schnurrbartzuckend und auf ihren halbdurchsichtigen Bernsteinrücken rutschend, steckten sie in der Scheiße. Ich stieß sie mit einem spitz zulaufenden Stock in den Abgrund und kippte aus dem Eimer etwas perlendes Wasser hinterher. Ging und legte mich wieder aufs Ohr.

»Und so was will Schauspielerin sein?« schalt Tschitschukowitsch im Hummelbariton das schwangerschaftsbeurlaubte Schneeflöckchen. Der Arbeiter, der die mit Staniol-Schneeflocken besetzten hellblauen Laken von den quietschenden Klappbettstangen des »Väterchen Frost«-Bühnenbildes zog, kommentierte en passant *Die Lehre aus der Fabel heißt, nimm kein Kondom, das reißt.* Ganz fuchsrotes buckliges Pferdchen im Ledergeschirr, wieherte Tschitschukowitsch zustimmend. Schneeflöckchen zuckte die Leberwurstschultern, zupfte die Ringellöckchen über der Stirn zurecht und versuchte, sich lahm zur Wehr zu setzen. *Was ist denn dabei*, ihr Mann und sie hätten die gewaschenen Kondome zum Trocknen vors Fenster gehängt, und da hätten sie irgendwelche *Schweine gemopst.* »Spatzen oder Falken«, sagte der Arbeiter, der zurückkehrte, den anderthalb Meter großen amerikanischen Spion holen, mit den gespreizten wabbeligen Extremitäten aus Schaumstoff und dem runden Griff am Rücken. Die braunen Spions-Zotteln standen büschelweise nach allen Seiten ab, die Brille saß schief auf dem süffisanten Gesicht. »Das heißt, Genosse Spatz«, sagte Tschitschukowitsch, »dank Ihrer In-Abstinenz haben Sie meine ergreifendste Inszenierung zugrunde gerichtet. Ich kann nicht bis zum Frühjahr warten. Dann fahre ich eben nach Dzheskasgan zur Aufführung des ›Buckligen Pferdchens‹.« Die dicke Schneeflocke fiel auf die Bühne und schluchzte bitterlich. Tschitschukowitsch und ich stiegen in eine Straßenbahn mit der Aufschrift *Köpfe aus dem Fenster zu stecken ist den Bürgern untersagt* und fuhren in die Moldawanka, um ein Stück über die Dekabristen zu schreiben.

In diesem schwarzen, fettigen Haus hatte mein Urgroßvater eine Zahnarztpraxis. Sonja, die Langfingerige, ging bei ihm ein und aus und ließ ihren Geliebten Zähne einsetzen. Sich selber machte sie keine, sagte immer, *das hat noch Zeit*, was dazu führte, daß Doktor Tschechow sie in seiner Dokumentation von Sachalin als zahnlos führte. Jetzt gehörte ein Zimmer von Urgroßvaters Praxis dem Regisseur Tschitschukowitsch. Er hatte es sich ehrlich ersessen, als dreizehnjähriger Junge volle vierundzwanzig Stunden mit seiner toten Tante Esther eingesperrt, während seine Eltern von Behörde zu Behörde hetzten, um schnell noch einen »*Verwandten-Wohnungstausch*« hinzukriegen. Tante Esther, bis über den Kopf in die an den Falten vergilbten Laken eingehüllt, roch immer fetter und süßer, immer fetter und süßer, und manchmal furzte sie trocken und vernehmlich. Der kleine Tschitschukowitsch hatte Angst vor ihr, saß an der Tür und sah durchs Schlüsselloch. Manchmal klopfte es an der Tür, und Tschitschukowitsch rief piepsig zur Seite: »Tante Esther! Das ist Katja Dozenko, sie will sich erkundigen, wie es Ihnen geht, und ein frohes neues Jahr wünschen. Kann ich sie reinlassen?« Und er lief zum Fenster und knurrte dort röchelnd: »Soll sie mir doch kussen in Tuches.« – »Verreck doch, alte Ratte«, brummte Katja Dozenko und ging. Im Fenster rasselte der windige südliche Winter. Tschitschukowitschs Frau, den glatten Kopf mit den etwas abstehenden, seepferdchenähnlichen Ohren gesenkt, brachte einen Topf Russischen Salat. Wir hatten uns gesetzt, in den halb erhobenen Händen lange Sektgläser, die bis über den Rand mit wohlig kitzelndem sowjetischem Schnee gefüllt waren. Der verschneite Fernseher spielte wortlos die Mitternachtshymne. Wir streckten die Arme zur Tischmitte aus. Schaum stob in den Russischen Salat. Fordernd wurde an die Tür gehämmert. Frau Tschitschukowitsch (zwei Monate lang noch, denn in Dzheskasgan heiratet er natürlich eine Estin) ging nachsehen, ohne das Glas angetastet zu haben. »Tschitschukowitsch, stell noch Teller auf den Tisch – das ist Katja Dozenko, ein frohes neues Jahr wünschen. Sie hat das Linsengericht mitgebracht.« – Weißt du noch, Kamerad, die heimelige Stubentanne mit dem verrutschten Saum? und die andere, die damenhafte, finstere Zigeunerin in der Schulaula? Weißt du noch, die Mandelentzündung-Müllwatte in den Schaufenstern? und die blitzenden Schädel der Plätze? Die Pionier-Mandarinenschalen? Die Limonaden-Taubheit in der Nase? Das betagte Schneeflöckchen mit den fleckigen fünfeckigen Kniegelenken, das alle zu rauben versuchten, das aber weder der Wolf noch Koschtschej, der Unsterbliche, noch der amerikanische Spion wirklich rauben konnten? Schafften's nicht, schafften's nicht und schafften's doch!... Und wir, noch existierende Staatsbürger eines nicht mehr existierenden Reiches, Nochimmer-Untertanen des regierungsbrauigen Väterchens Frost, sind mit unserem ewigen Nationalschlachtruf *Los, ganz schnell, leuchte Tanne, hell*! – in fremde Länder gestürmt, auf der Suche nach ihr, dem Schneeflöckchen: ob sie nicht alt, weiß, in Papierhaube mit unbeholfen aufgeklebten Glasstückchen, irgendwo in einer Ecke auf irgendeinem Bahnhof im violetten Dezember-Europa sitzt und auf die Lautsprecheransage wartet *Frau Schneeflöckchen! Die Pionierfreundschaft der Schule Nr. 216 des Kujbyschew-Bezirks der Stadt Leningrad wartet an den Nahverkehrskassen auf Sie.*

Doch nein, keiner kennt sie, keiner hat sie hier gesehen...

Eisenbahngeschichte

Der erloschene Zug ratterte hallend über die Gleise – über die gefallene Leiter, die (mit sich ins Unendliche verengendem Nutzen) die Idee des Aufstiegs auf die Ebene übertrug. In einem höheren Sinn bewegte er sich gar nicht – dem schläfrigen Jakob wird auf dieser Leiter nie jemand erscheinen. Vier leichte Teeglashalter mit Henkel zitterten auf dem Abteiltischchen und rutschten in dem gebogenen, weißen und geweißten Streifen hin und her, vier leernasige Profile der Dichterin Burattynskaja. Der Plastikvorhang hatte sich am Fenster oben verklemmt, und dahinter lösten sich die Lampenglocken ohne den leisesten Ruck im Flug vom Straßenrand. Ich verrenkte mir vom oberen Bett aus den Hals beim Hinausschauen. Das unentzifferbare Relief der unentwegten Nacht griff nach den reglosen Sternen (alles Polarsterne, so schien es: weit, klein und blau); es wollte sich lichten. Vergebens, das ist Sache des Mondes; der aber hatte sich über den ganzen Tisch ergossen und dem vom Schaffnersoda geschwärzten Staatstee einen Teerglanz aufgesetzt. Armer, kleiner, russischer Mond mit deiner vagen Fadenscheinigkeit in der Mitte – selbst für die Getränkereste reichst du nicht. Es roch trocken, finster und staubig, nach etwas undefinierbar Eßbarem, Speicher und Mäusen. Die drei Mitreisenden lagen eingemummt in klamme Laken, fast sichtbar ballten sich Wolken fremden Atems um ihre Köpfe. Ich überlegte, ob ich meine cremefarbene, lange türkische Unterhose mit der hellen, wolligweichen Innenseite ausziehen oder anbehalten sollte. Ich hatte einmal in einem Zug geschlafen, ohne sie auszuziehen, am nächsten Morgen einen athletischen Satz nach unten gemacht und, auf die Schuhe zielend, zwischen den beiden oberen Etagen gebaumelt, auf die Ellenbogen gestützt, wie der Holzbär vom Kusnetschny Markt auf seine schmalen, ungestrichenen Krücken ... – und danach hatte ich mich den ganzen Tag nicht gerade wie ein Athlet gefühlt. Eine lange Unterhose ist so etwas Verschämtes, Kindliches, Häusliches ... – selbst ein Slip ist ja im Grunde schon ein Zugeständnis: ein echter Mann, ganz rammelnder Abfangjäger, gedrungen, böse und gestriegelt, zieht die Hose auf den nackten, harten, von eisernem Blut strotzenden Körper, und im Fall, der ja jederzeit eintreten kann, ratsch den Reißverschluß runter – schon ersteht er in voller Gefechtsbereitschaft. Der Türspiegel belebte sich und füllte sich mit der langsamen, vergitterten Weiße eines Bahnhofs. Mehrmals rumste der Zug, ruckte und kam zum Stehen. Eine Eisenbahnstimme mit Mond-Griesbrei in der zungenlosen Glocke eines eisernen Mundes brüllte unverständliche Zahlen. Die Mitreisenden regten sich unter den gestreiften Deckenbergen, wachten aber nicht auf. Wie jede russische Bahnstation glich auch diese einer weiträumigen Leichenhalle im – nicht von uns befreiten – Freien: Seziersaalbeleuchtung, herumstehende mehrrädrige Wagen mit toten Körpern aus Erde und Arbeit, niedrige Gebäude, mit Zeichen markiert, die Sterblichen nichts sagen. Wie tödlich kalt es doch in russischen Zügen ist! Als Jugendlicher fuhr ich einmal mit einer befreundeten Dichterin zum 1. Mai-Minnesänger-Fest bei Moskau, da wurde es so kalt, daß ich – genauso unschuldig wie wir nach Mitternacht dasaßen und über Erhabenes tuschelten – im Schlaf unter den zwei kratzigen Eisenbahndecken unwillkürlich ihren hohlen, krummknochigen Körper umarmte. Unvergeßlich das Entsetzen und der Ekel, als ich auf einmal spürte: ich krieg einen Steifen. Meine sämtlichen Glieder, inklusive besagtem, waren hart und erstarrt – nichts rührte sich mehr, doch auch entspannen ließ sich nichts. Ich konnte weder weg- noch ranrücken. Wir waren wie Bruder und Schwester, aber nie mehr brachte ich es fertig, ohne Haß ihr schuldbewußt-selbstzufriedenes Gesicht mit dem abgehackten, ins Innere des klingenden Halses flüchtenden Kinn anzusehen. Doch dafür wußte ich sieben Jahre später genau, wie es dem Funker und dem Fräulein bei der Fahrt nach Tuapse ergangen sein muß, diesen rotwangigen Zwillingen, die auf dem Weg zu den heimischen Garnisonspenaten waren und denen der lebensfrohe Schaffner des von der anderthalbtägigen Schwüle erstorbenen und verstummten südlichen Zuges dieselbe Liege zuwies. »Dann schlaft ihr eben mal eine Nacht Kopf an Fuß«, meinte der Schaffner und kratzte sich unerbittlich unterm blauen Hemd. Wie das wohl bei *Kopffüßern* hinhaut?

Die Eisenleisten des Zuges spannten sich merklich, schwollen an und schnauften ohne Hoffnung auf Erleichterung. Das Abteil ruckte, das Licht floh aus dem Spiegel und fiel nach unten, in den halbgeöffneten Mund des auf dem Rücken schlafenden Georgiers gegenüber. Mit feinem irren Surren, das in den Pausen zwischen den Räderstößen zu hören war, purzelte eine einsame Wintermücke mit dem Gesicht eines erschöpften Zerstörers, sich im Sturzflug überschlagend, die breite Leiterglätte des reflektierten Lichtes hinunter. Der Georgier machte den Mund zu, zuckte wie ein Nußknacker mit seinem pelzigen Adamsapfel – und es wurde dunkel und still. Der Zug war angefahren.

Der langen Unterhose hatte ich mich entledigt, zog aber, auf den Kopf und die Fersen gestützt, meine Jeans an und ging eine rauchen. Die fremde Nacht war durch die mit drei weinroten Eisenstäben bewehrten Fenster der Plattform nicht zu sehen – es spiegelte sich darin nur: mein atmendes Gesicht, drumrum Rauch und dahinter das gegenüberliegende Fenster mit diffusen, gelbschwarzen Lichtern. Genauer: die gegenüberliegende Tür. Und in der Ecke an der Tür zum nächsten Waggon saß ein dürrer, betrunkener Alter in blauer Rhombensteppjacke auf seinem Leinsack. Seine zahnlosen Backen waren bis zu den Augen mit vielen weißen Pünktchen übersät. Alle zwei Minuten erhob er sich von dem plattgedrückten Sack, ging ein paar Mal auf und ab und schüttelte sich. Er hatte chromlederne Stiefel an und hinkte, beides vermutlich ein Mitbringsel aus dem Krieg. Für Plattformen, diese frostigen, rüttelnden Häuschen mit vier Türen und ohne Ausgang, habe ich noch nie besonders viel übrig gehabt. Zumal sie fast immer von Seemännern und Mädchen in dicken Matrosenjacken wimmeln. Traurigerweise ähneln die Mädchen von hinten alle dem Meer... Auch jetzt hatte sich gerade die Waggontür geöffnet, und ein Matrose war hereingekommen. Er reckte das Kinn leicht zur Seite und machte große Augen, wie ein Russe, wenn er seine Privatmeinung zur Politik äußert, und sagte mit dünner Stimme, als setze er ein unterbrochenes Gespräch fort: »... ich glaube, es gibt Krieg. Aber nicht mit Amerika. Die haben fünfundvierzig unsere Stalinorgeln kennengelernt. Krieg mit China, Japan oder Israel. Was meinst du dazu, Opa?« Seltsamerweise schaute der Alte nüchtern und gleichgültig-gelangweilt zur Seite, auf mein breithaariges, verrauchtes, dunkles Spiegelbild und gab zurück: »Du kannst dich auf den Kopf stelln, die Prognose: Der letzte Tropfen geht doch in die Hose.« – »Auch wieder richtig«, pflichtete der Matrose ihm überraschend bei, »ich geh mal pinkeln...« Und er überquerte die Plattform und öffnete gewaltsam die Tür, die in den zwischen zwei rasenden, rukkelnden Wagen eingezwängten russischen Winter hinaus führte. Ich warf ihm die Kippe hinterher und ging ins Abteil. Die von dem Georgier verschluckte Mücke war inzwischen zu sich gekommen, hatte sich am würzigen, fetten georgischen Blut satt getrunken, war auf die Größe einer kleinen Maus angewachsen, auf den Grund des Nasenrachenraums gekrabbelt und hatte durch die drei behaarten Öffnungen ihre naturgegeben schrille Stimme ohne jede Absenkung der Tonhöhe unglaublich verstärkt. Aus der Traum, begriff ich, an Schlaf ist nicht zu denken.

»... Der Zug ist in der Hauptstadt unserer Heimat angekommen, die Heldenstadt Moskau«, sagte die Eisenbahnstimme aus der pustelig-glatten Abteilwand, stockte, zischte, knackte und korrigierte sich: »... *der* Heldenstadt Moskau.« Das Abteil war bereits leer.

Neunte Leningrader Geschichte

Um unser Grab in der Friedhofsenge stehen lichtleibige Kiefern, und der harte graublaue Himmel wird von ihnen in senkrechte Streifen geschnitten.

Um unser Grab liegen und sitzen schwarze, graue, weiße Steine in niedrigen, oben offenen Käfigen und ohne Käfige; und in den regelmäßigen Rinnen glitzert schwarz das gummiweiche Wasser mit einem reglos darin treibenden Blatt, das seinen Schwanz in die Höhe reckt; und an den schiefen, von kupfergrünem Moos und dem Plunder jahrzehntelangen Laubfalls überwucherten Grabplatten drängt sich wirres Gras; und auf gelenkigen nackten Stielgabelungen schaukeln schuppige, kleinköpfige Blütenstände, und halb durchsichtige Libellen purzeln mit öligem Schillern auf knisternden Nylonflügeln über ihr kunstvoll gedrechseltes Köpfchen, und zerdrückte venöse Buchstaben kriechen abwärts; und aus den matten und glänzenden braunen Ovalen starren, die Augen gekrümmt und die Lippen auseinandergezogen, breitbrauige und breitohrige Gesichter, vom Tode verwirrt. Und weiter die niedrige Mauer, und dahinter stoßen die zerschrammten Ellenbogen einer vielstöckigen und vielkantigen Behausung mit flachem Dach und flachen Flanken in den fettholzigen Mob der Bäume, deren Kopekenblatt kaum ihre Scham bedeckt, in die wenigen Freiräume, und in jedem Quadrat entzünden sich die Scheiben, und dahinter essen Männer mit gesenkten Köpfen, und in den Tellern blutet das Essen; und gelbe Autobusse fahren, sich zusammenziehend und sich auseinanderschiebend, und drinnen wird geschwiegen; und der quadratische Fluß mit dem noch nicht zugezogenen schrägen Vorhang des Sonnenuntergangs kippt langsam, abgemäht mit einer feinwellig gezähnten Sense, die von einem bis aufs Skelett entkleideten, niedrigen, viereckigen Schiff im Schlepptau hinter sich her unter die Brücke gezogen wird. Die vielwinkeligen Inseln erheben sich auf ihrer rauchigen, von blauer Elektrizität durchströmten Hefe, und die schiefen Dächer, die bauchigen Wände und gefältelten Säulen zucken als kurze Blitze; und zackige Regenschauer marschieren durch eine Doppelreihe von Strahlenzirkeln in nicht enger werdenden Kohlestraßen; und in verschwitzten Zimmern versammeln sich bärtige Männer bei leblosem Wein, und der feine Duft der Dummheit vermischt sich mit dem groben Duft der Dummheit, und der Kummer seufzt in undeutlichen Worten, und geschmeidige Frauen schlingen ihnen von hinten die Arme um den Leib, und wie viele von ihnen, jung blutjung von den stacheligen Waden bis zum atemberaubenden Haar, bücken sich, die Arme auf dem Bauch verschränkt, um sich mit wehendem Kleid aufzurichten; und kostbare Musik der Dankbarkeit schwebt in der abgeschiedenen Stille.

Um unser Grab ist auf einer Seite das Meer, ein kurzes Meer, ein eingesperrtes Meer, ein Perlenmeer, doch die Perlen sind verblaßt, weil sie kein einziges Mal getragen wurden. Auf der anderen Seite ist Festland, das nirgendwo endet oder in einer solchen Ferne endet, daß das nichts mehr bedeutet, Festland mit einem erloschenen Zug, der an vereinzelten Bretterdörfern und lockeren halbrunden Feldern vorbeifährt, mit einem Zug, der über Brücken rattert, über glitzernde Abendflüsse mit darübergebeugten dichten, oben eingekerbten, violetten Wäldern; mit weißen, rundköpfigen und stahlrippigen Städten, die an niedrige Wolken gehängt sind; mit Moskau, dem rotnasigen, das von einer

Seite auf die andere schwankt wie eine schwerfällige gestutzte Gans, mit seinen Boulevardschluchten und Häuserfluchten des Gartenrings. Tatarische Frauen gehen durch Moskau, russische Frauen gehen durch Moskau, jüdische Frauen gehen durch Moskau, und ihre Pobacken lächeln, und die Wirbel an den gesenkten Hälsen schillern; dicke grüne Mücken fliegen über Moskau, badend in gläsernem Staub, alte Lindengötter thronen auf Moskau, die ungeschlachten Arme auf die Lehnen gelegt. Eine schreckliche Musik des Glückes schwebt über seinem Ziegelfeuer.

Um unser Grab kreist der rauchige Regen Warschaus durch den lehmigen Vorort, aus dessen offenem Blechhemd die graue unbehaarte Brust blickt; das schwarz-grüne Prag kriecht auf Ziegeldachknien hinauf zum deutschen Abhang des Hradschin; Paris, von bunten Salven durchlöchert, atmet auf seine weitläufigen Plätze trockenen Gips und vergorenen Hundesamen; die deutschen Berge in ihren grünen und vergoldeten Helmen schreiten einer über den anderen, um irgendwann wieder über einen Feind zu schreiten; die Achterbahnen New Yorks jagen über spiegelnde Schrauben goldene kurze Boote, die ihr pfeifendes Gleiten niemals beginnen und niemals beenden. Und eine kaum hörbare Mondmusik weht aus dem weißen Mondtrichter.

In unserem Grab ist eine kurze grüne Bank; hat man die gußeiserne Tür mit der Drahtschlaufe am aufgedunsenen Pfahl befestigt, kann man sich mit eingezogenem Kopf darauf setzen; in unserem Grab ist Kalkstein: porös, grau mit weißen Tupfen; und darunter sind Krüge mit Asche vergraben – da die russische Erde für uns nicht reichte, gaben wir unsere Körper der Verbrennung preis, in glatten Granitkrematorien, die innen und außen wie Flughäfen aussehen.

Doch niemand ist da: unter dem Stein im Inneren unseres Grabes – denn die Toten ziehen fort durch lange unterirdische Gänge, durch alte und von den ihnen vorausgehenden Engeln eigens für sie durchbrochene, durch Wurzelschlingen, durch Kohlefunkeln, durch das Zischen unterirdischen Wassers. Von überall her kommen diese Gänge. Sie kommen von der Frankfurter Lichtung, in deren Mitte Trümmer deutscher Autobahnen abgeladen sind und wo einst der Frankfurter Stier lief, der Bändiger des frechen Friedhofsgrüns, mit glimmenden Augen und in den durchstoßenen Nüstern den Geruch fauligen Holzes blähend; und wenn weißköpfige Kinder mit Schleudern und Rasseln von der Mauer ins Innere fielen, schrie er seltsam – tief und gedehnt, und alle wußten, man würde ihn morgen auf dem Platz verurteilen und hinrichten und seinen enthaupteten buckligen Körper eben hier begraben, in der Ecke, und die Fortgegangenen jenes Tages haben ihn vielleicht mitgenommen. Und sie kommen von dem gestuften Steinhügel in Prag, für den man euch noch acht Kronen abknöpft, damit ihr über die grauen Treppen hüpfen, den hellen alkalischen Regen schnuppern, eure eigenen Toten sehen könnt, obwohl sie doch schon seit anderthalb Jahrhunderten nicht mehr hier sind. Und sie kommen sogar von Übersee, unter dem schlickigen Meeresgrund ziehen vornübergebeugte Schatten, erloschene gläserne Bienenstöcke und abgemähte Finsternis auf polierten Steinen hinterlassend; und ihnen voraus gehen die Engel, die stummen Engel des Übergangs.

In unserem Grab ist er längst nicht mehr, mein Großvater, welcher mich umarmte und lachte und sang und tanzte und in unverständlichen Diensten stand, und was auch geschah, ich weiß, er war ohne Sünde, und ich weiß auch, egal, wo man mich begraben wird: ich war sündig und sündigte jeden Tag – doch ich werde mich erheben und unter der Erde oder unter dem Meer dorthin ziehen, wohin auch er gezogen ist; um meinen Platz in der unendlichen Schlucht zu finden, unter dem Blütenblatt einer riesigen, in allen sichtbaren wie unsichtbaren Ebenen gewundenen Rose, unter dem gelben, mit weißen Steinen übersäten Hang. Und in einer Reihe mit allen werde ich im Felsen stehen: um mich die verbleibende Zeit wie ein Ertrunkener zu wiegen, der von einem Stein auf den Grund gezogen wird – die Musik erwartend, die ich kenne, doch nicht höre –, erwartend den Tag der Erlösung und der Ruhe.

Neue deutschsprachige Literatur in der edition suhrkamp Eine Auswahl

Kurt Aebli
- Küß mich einmal ordentlich. Prosa. es 1618. 106 Seiten
- Mein Arkadien. Prosa. es 1885. 115 Seiten
- Die Uhr. Gedichte. es 2186. 90 Seiten

Paul Brodowsky
- Milch Holz Katzen. es 2267. 72 Seiten

Gion M. Cavelty
- Ad absurdum oder Eine Reise ins Buchlabyrinth. es 2031. 110 Seiten
- Quifezit oder Eine Reise im Geigenkoffer. es 2001. 106 Seiten
- Tabula rasa oder Eine Reise ins Reich des Irrsinns. es 2076. 107 Seiten

Esther Dischereit
- Joëmis Tisch. Eine jüdische Geschichte. es 1492. 122 Seiten
- Übungen, jüdisch zu sein. Aufsätze. es 2067. 150 Seiten

Dirk Dobbrow
- Late Night. Legoland. Stücke und Materialien. es 3403. 204 Seiten
- Der Mann der Polizistin. Roman. es 2237. 190 Seiten

Kurt Drawert
- Alles ist einfach. Stück in sieben Szenen. es 1951. 116 Seiten
- Haus ohne Menschen. Zeitmitschriften. es 1831. 120 Seiten
- Privateigentum. Gedichte. es 1584. 138 Seiten
- Rückseiten der Herrlichkeit. Texte und Kontexte. es 2211. 256 Seiten

NF 313/1/2.02

- Spiegelland. Ein deutscher Monolog. es 1715. 157 Seiten
- Steinzeit. es 2151. 160 Seiten

Kurt Drawert (Hg.)
- Das Jahr 2000 findet statt. Schriftsteller im Zeitenwechsel. es 2136. 280 Seiten

Oswald Egger
- Herde der Rede. Poem. es 2109. 380 Seiten
- Nichts, das ist. Gedichte. es 2269. 160 Seiten

Werner Fritsch
- Aller Seelen. Golgatha. Stücke und Materialien. es 3402. 200 Seiten
- Es gibt keine Sünde im Süden des Herzens. Stücke. es 2117. 302 Seiten
- Fleischwolf. Gefecht. es 1650. 112 Seiten
- Die lustigen Weiber von Wiesau. Stück und Materialien. es 3400. 189 Seiten
- Steinbruch. es 1554. 53 Seiten

Rainald Goetz
- Celebration. Texte und Bilder zur Nacht. es 2118. 286 Seiten
- Hirn/Krieg. es 1320. 508 Seiten
- Kronos. Berichte. es 1795. 401 Seiten

Durs Grünbein
- Grauzone morgens. Gedichte. es 1507. 93 Seiten

Norbert Gstrein
- Anderntags. Erzählung. es 1625. 116 Seiten
- Einer. Erzählung. es 1483. 118 Seiten

Katharina Hacker
- Morpheus oder Der Schnabelschuh. es 2092. 126 Seiten

NF 313/2/2.02

- Tel Aviv. Eine Stadterzählung. es 2008. 145 Seiten

Johannes Jansen
- heimat ... abgang ... mehr geht nicht. ansätze. mit zeichnungen von norman lindner. es 1932. 116 Seiten
- Reisswolf. Aufzeichnungen. es 1693. 67 Seiten
- Splittergraben. Aufzeichnungen II. Mit zahlreichen Abbildungen. es 1873. 116 Seiten
- Verfeinerung der Einzelheiten. Erzählung. es 2223. 112 Seiten

Barbara Köhler
- Deutsches Roulette. Gedichte. es 1642. 85 Seiten
- Wittgensteins Nichte. vermischte schriften / mixed media. es 2153. 175 Seiten

Uwe Kolbe
- Abschiede. Und andere Liebesgedichte. es 1178. 82 Seiten
- Hineingeboren. Gedichte. 1975-1979. es 1110. 137 Seiten

Ute-Christine Krupp
- Alle reden davon. Roman. es 2235. 140 Seiten
- Greenwichprosa. es 2029. 102 Seiten

Ute-Christine Krupp/Ulrike Janssen (Hg.)
- »Zuerst bin ich immer Leser«. Prosa schreiben heute. es 2201. 100 Seiten

Christian Lehnert
- Der Augen Aufgang. Gedichte. es 2101. 112 Seiten
- Der gefesselte Sänger. Gedichte. es 2028. 92 Seiten

Jo Lendle
- Unter Mardern. es 2111. 99 Seiten

NF 313/3/2.02

Thomas Meinecke
- The Church of John F. Kennedy. Roman. es 1997. 245 Seiten

Bodo Morshäuser
- Hauptsache Deutsch. es 1626. 205 Seiten
- Revolver. Vier Erzählungen. es 1465. 140 Seiten
- Warten auf den Führer. es 1879. 142 Seiten

José F. A. Oliver
- fernlautmetz. Gedichte. es 2212. 80 Seiten

Albert Ostermaier
- Death Valley Junction. Stücke und Materialien. es 3401. 111 Seiten
- Erreger. Es ist Zeit. Abriss. Stücke und Materialien. es 3421. 111 Seiten
- fremdkörper hautnah. Gedichte. es 2032. 100 Seiten
- Herz Vers Sagen. Gedichte. es 1950. 73 Seiten
- Letzter Aufruf. 99 Grad. Katakomben. Stücke und Materialien. es 3417. 150 Seiten
- The Making Of. Radio Noir. Stücke. es 2130. 192 Seiten

Doron Rabinovici
- Credo und Credit. Einmischungen. es 2216. 160 Seiten
- Österreich. Berichte aus Quarantanien. Herausgegeben von Isolde Charim und Doron Rabinovici. es 2184. 172 Seiten
- Papirnik. Stories. es 1889. 134 Seiten

Ilma Rakusa
- Love after Love. Gedichte. es 2251. 68 Seiten

Patrick Roth
- Ins Tal der Schatten. Frankfurter Poetikvorlesungen. es 2277. 120 Seiten

NF 313/4/2.02

Lutz Seiler
- pech & blende. Gedichte. es 2161. 90 Seiten

Silke Scheuermann
- Der Tag, an dem die Möwen zweistimmig sangen. Gedichte. es 2239. 90 Seiten

Christoph Schlingensief
- Schlingensiefs »Ausländer raus!« Bitte liebt Österreich. Herausgegeben von Matthias Lilienthal und Claus Philipp. es 2210. 272 Seiten
- Christoph Schlingensiefs ›Nazis rein‹. Herausgegeben von Thekla Heineke und Sandra Umathum. es 2296. 328 Seiten

Hans-Ulrich Treichel
- Der einzige Gast. Gedichte. es 1904. 71 Seiten
- Der Entwurf des Autors. Frankfurter Poetikvorlesungen. es 2193. 117 Seiten
- Liebe Not. Gedichte. es 1373. 79 Seiten
- Über die Schrift hinaus. Essays zur Literatur. es 2144. 241 Seiten

Jamal Tuschick
- Kattenbeat. Roman in drei Stücken. es 2234. 180 Seiten
- Keine große Geschichte. Roman. es 2166. 200 Seiten

Christian Uetz
- Don San Juan. es 2263. 80 Seiten

Anne Weber
- Ida erfindet das Schießpulver. es 2108. 120 Seiten

NF 313/5/2.02

»Erbschaft unserer Zeit«

Herausgegeben von Gary Smith

edition suhrkamp

Wolf Lepenies
Benimm und Erkenntnis
Über die notwendige Rückkehr der Werte
in die Wissenschaften
es 2018. 100 Seiten

Haben wir nach 1989 die Chancen für eine geistige Neuorientierung verpasst? »Weil sich im Osten alles ändert, waren wir überzeugt, dass im Westen alles bleiben würde, wie es war.« Längst aber leben wir in einer Zeit neuer Ungewissheiten. Wolf Lepenies skizziert am Beispiel von Arbeit, Demokratie und Wissenschaft drei Ungewissheiten unserer Zeit.

Wendy Doniger
Der Mann, der mit seiner eigenen Frau Ehebruch beging
Mit einem Kommentar von Lorraine Daston
Übersetzt von Christa Krüger und Robin Cackett
es 2102. 146 Seiten

»Doninger untersucht die Asymmetrie in der Verteilung der Geschlechterrollen; sie zieht dabei Foucault zu Rate und bisweilen Freud, lässt sich aber nie theoretisch einwickeln, sondern vertraut auf ihren gesunden, feministisch geschärften Menschenverstand.«
Frankfurter Rundschau

NF 306/1/7.00

Carlo Ginzburg
Das Schwert und die Glühbirne
Übersetzt von Reinhard Kaiser
Mit zahlreichen Abbildungen
es 2103. 106 Seiten

»Picassos *Guernica* ist das berühmteste Antikriegsbild des 20. Jahrhunderts – und eines der am häufigsten interpretierten dazu. Carlo Ginzburg gewinnt ihm trotzdem noch eine neue und aufschlussreiche Deutung ab, die die angeblich offenkundige politische Botschaft des Bildes in Zweifel zieht.« *Süddeutsche Zeitung*

Helga Nowotny
Es ist so. Es könnte auch anders sein.
es 2104. 122 Seiten

»Helga Nowotny beschreibt das veränderte Selbstverständnis der Wissenschaften in einer allgemein verständlichen Sprache ... Sie benennt zentrale Bereiche, über die sich die zeitgenössische Forschung nicht hinwegsetzen kann.« *Tages-Anzeiger*

Richard Rorty
Die Schönheit, die Erhabenheit und die
Gemeinschaft der Philosophen
Mit einem Kommentar von Albrecht Wellmer
Übersetzt von Christa Krüger und Jürgen Blasius
es 2149. 88 Seiten

Gegen den Vorwurf, er rede am Ende der Philosophie das Wort, entwirft Richard Rorty die Koordination einer »Gemeinschaft der Philosophen« und hält ein leiden-

NF 306/2/7.00

schaftliches Pläydoyer für den philosophischen Diskurs: »Die Zivilisation schreitet nur deshalb voran, weil manche Leute willens sind, befremdliche, irrationale und verstörende Töne anzuschlagen.«

Henning Ritter
Die Fassaden am East River
Mit zahlreichen Abbildungen
es 2158. 96 Seiten

Welche Rolle spielt die moderne Kunst für die Demokratie? Um diese Frage zu beantworten, stellt Ritter eine These auf: Kunst ist nur dann im strengen Sinn modern, wenn sie über das bloß Zeitgenössische hinausweist und die revolutionären Impulse der Epoche vorprägt oder in sich aufnimmt.

Jan Assmann
Der Tod als Thema der Kulturtheorie
Todesbilder und Todesriten im Alten Ägypten
Mit einem Kommentar von Thomas Macho
Mit zahlreichen Abbildungen
es 2157. 128 Seiten

Die Kultur entspringt dem Wissen um die Sterblichkeit. So einförmig sich der Tod aus biologischer Perspektive ausnehmen mag, seine kulturelle Überformung und Bewältigung nimmt tausendfältige Gestalten an. Vielleicht wird es einmal eine kulturwissenschaftliche Thanatologie geben, die diese Gestalten untersucht. Jan Assmann liefert hierfür am Beispiel des Alten Ägypten die Vorarbeiten.

NF 306/3/7.00

Peter Burke
Kultureller Austausch
Übersetzt von Burkhardt Wolf
es 2170. 112 Seiten

Wie wirkt sich die Globalisierung auf das kulturelle Leben aus? Droht eine Homogenisierung der Weltkultur oder eine kulturelle Zersplitterung? Peter Burke macht hinter diesen Tendenzen eine neue kulturelle Ordnung sichtbar, in der Bausteine des Alten in ein neues Muster eingefügt werden.

Stephen Greenblatt
Was ist Literaturgeschichte?
Übersetzt von Reinhard Kaiser
und Barbara Naumann
es 2171. 160 Seiten

Die Literaturgeschichte stellt Kriterien bereit, ob jemand zu einer privilegierten Klasse »dazugehört« oder nicht. In einem Text, der sich wie ein Wissenschaftskrimi liest, beschreibt Greenblatt den Weg der mittelalterlichen »Buchstabenwissenschaft« zur Literaturwissenschaft im heutigen Sinne.

NF 306/4/7.00